U0045520

智慧的回聲

王壽來 著

〈推薦文〉

我們都在說故事

謝里法

這本書非常好看，因為作者是在說故事；他也說過我的課很好上，因為上我的課只在聽故事。

不管說故事寫故事，故事裡都是個人經驗，聽者自然會以個人經驗與之起共鳴，很容易就聽下去。

當年是他（王壽來）把我請到研究所課堂上來的，記得那天清早在師大校門前，我們都撐著傘，他開口邀我，我隨口答應，就這樣成了他的老師……。

台灣美術史於是在大學裡成了一門學科，我也上講台說故事成了一名教授，那年代台灣美術沒有書，只好講故事，同學都覺得精彩，使我能繼續講下去，為美術的故事找到了學術地位，應該說是王同學的功勞。

過去許多記憶已經想不起來，為了上課講故事，都想起來了，使我如獲至寶，才知道往事真是個寶！

愛聽故事的人也善說故事，讀了這本書才知道作者王同學也有很多故事，當年上課時，不管上什麼課，他都當故事在聽，聽過之後居然成了博士。

課堂上老師說的是個人經驗，學生聽了這經驗便又加上個人經驗，累積下來成了一門學問，台灣的美術史就這樣形成了。

有了美術史多好！以後的人走在美術的道路上便有一條軌跡，站上去可看見自己的位置，也看見其他人移動的座標，認清楚我們共同的領域，尤其在這領域裡有那麼多值得懷念的故事，多麼溫馨！

當我閱讀這本書時，偶爾還想起當年坐在下面聽課的學生裡，有這麼一位比我更有故事的王同學，那時他若舉手表示也有故事要補充，起來與我爭著說故事，如此下去，日久他舉手發言越多，我說的故事越少，世代輪替就這樣自然而形成，如今他已在台上，這該有多好！

寫到這裡，在我私底下已經把這本書當成王同學上課後交來的報告，正等著我為他打分數。這麼想著，一遲疑就好幾天過去，反而是我遲交了（答應編者寫序）作業。

真沒想到我退休多年還有一份作業送過來，這又成了一則好故事，他若再寫下去，也是一段佳話。

【本文作者簡介】

謝里法，台灣師範大學藝術系畢業，後曾赴法、美學習，版畫作品在國際展出並獲收藏。著有《日據時代台灣美術運動史》、《紫色大稻埕》、《探索台灣美術的歷史視野》、《變色的年代》、《原色大稻埕》等。獲第三十七屆行政院文化獎，並捐出獎金設立羅曼．羅蘭百萬小說賞。

〈推薦文〉

文物藝術的熱愛者

黃光男

提筆之前，即想起「客路相逢難，為樂常不足」（蘇東坡）的詩句，只因多次與壽來兄有心性相通的情緣，卻未能有攜手同行的機會；也為了社會服務未及理想，並及開創新猷的志業。

然而都遠了，雖也長嘆歲月催老，或是「喜於答問，明鏡不疲」的不再，但回憶近三十年來，早知壽來兄在公務部門服務於新聞局的貢獻，乃至近一層深知他調入文建會主管文化事務的睿智，雖然尚能知其才情，既有國際皇華之才，亦得國學之實，卻每每與之交往，常得其承顏接辭，好個心性相接之際。

及久，壽來兄負責人權園區籌劃，看其條理分明，是非論斷合乎法理、顧及真實，以悲憫心境巨擘規劃之氣節，令人感動。其時因接仰較多，方知壽來兄原是文物藝術之熱愛者，珍惜歷史原相之真，在公務行動求其中道，搜集文件史料亦尋覓明證，乃至自我修為亦當如此。

而後，因壽來兄被命為文化部文物資產局籌劃，並任首位局長，更知他在規劃此一歷史性之文物研究與發展為旨的局處，從場地分屬性質，以國際化規格提升國內文物資產保護與產業之布置，才進一步了解他在文化藝術素養的高超能量，舉凡國內外藝術產業，與藝術名家有系統布陳在前，並積極辦理國內外學術研討會，提供豐沛的資源為文化界服務，奠定了文化資產維護、文創產業振興之工程。

由於著力推行文資產業，民間亦得其庇蔭，不論是學術研討，或與建館舍以護其珍藏，壽來兄無不一一解答，甚而助其辨別藏品質地之貴重，佐證文物為真實，凡此種種，若非是專家行事，豈能促發精粹良品，如此作為直到他退休後更顯其恢宏心智。

近幾年，常見其在媒體發表錦文，時時感受其文質情濃，不論是自敘散文或勵志小品，甚至文物藝術之解鑰，均得三分之木，情理兼具，動人心弦。我逢文拜讀，見證其詞意百鍊，字文充實，令人拱手祝賀。

知識分子，明辨人性，且得堅持，在文賦之雄、音詞之妙，實出其自性耳。有幸先睹壽來兄之文稿，甚有相知相感之情，真是「與君論心握君手，榮辱於余亦何有」（李白），多年共事，永恆牽掛，僅綴數言，以為序。

【本文作者簡介】

黃光男，高雄師範大學文學博士。曾任北美館及史博館館長、台灣藝術大學校長、行政院政務委員等。曾獲法國國家特殊貢獻一等勳章、金爵獎、中山文藝獎等。著有《藝海微瀾》、《博物館新視覺》、《流動的美感》、《斜陽外》等近五十種。

自序

打從年輕時起，筆者就與寫作結了不解之緣，日久天長，竟成為一名業餘的寫手，然而，直到自己出了多本散文集之後，這才漸漸體會到那句出自於西方現代女性文學旗手妮恩（Anais Nin）的名言，說得真是再到位不過。

妮恩的話是這樣講的：「我們寫作，是為了能兩度回味人生，一次在當下，另一次是在回顧之時。」這句應是經驗之談的話，諒亦是普天下不少作家共同的心聲。就以筆者此次出書來說好了，在埋首電腦整理書稿時，諸多早已塵封的如煙往事，也都一幕幕輪番湧上心頭。

換言之，在這些文章的字裡行間，你看到的，不僅是自己過去的身影，也看到那些在人生道路上與你同行「旅人」的身影，而時遷境移，人事全非的變化，固然讓人不勝欷歔，感慨繫之，甚至憶起南宋文學家王從叔的詞句：「風中柳絮水中萍，聚散兩無情，斜陽路上短長亭，今朝第幾程」，然而，許許多多令你啞然失笑，或感動莫名的片片段段，亦再度閃爍於心底。

這本散文集中所收錄的文章，部分是近期的新作，也有部分是多年前發表於《聯合文學》及《中華副刊》的舊作，並經輯錄於《加油，人生》及《藝術、收藏、我》之中。因前兩書早已絕版，乃情商原出版者「聯合文學出版社」及「九歌出版社」就此解約，均承慨然成全。

此書計收錄四十二篇文章，依其內容取向，大致分成以下四部分：

一、人走茶未涼：對於現今社會人心的現實和澆薄，人們可能都有極深刻的體會，故不免有「人走茶涼」的喟嘆，惟無可否認的，在你我過往的旅程中，不少人曾在我們心中留下永難磨滅的印記，有些人更成為我們人生的標竿，教我們至今仍深深感念不已。

二、潤物細無聲：此語出自唐代杜甫〈春夜喜雨〉的前段：「好雨知時節，當春乃發生，隨風潛入夜，潤物細無聲。」回首來時路，個人有幸親炙多位學養、人格皆仰之彌高的師長和藝術家，彼等有如春天悄然滋潤大地的夜雨，使我在耳濡目染之間，已受其言談謦欬的啟發與調教。

三、重溫生命的溫暖：縱然筆者一生中也遭遇過幾多風風雨雨，走過不少高山低谷，但細數從前，讓自己鼓勇振作、不懼前行的人事物，又何嘗不是難以勝數，那可能是一個人、一本書、一首歌、一句話，或是一段美好的記憶。

四、浮生了了文物情：筆者在宦海浮沉一世，閒暇時別無所嗜，長年來對藝術的鑑賞，與文物的收藏，卻是情有獨鍾，難以自拔，即使好友以玩物喪志加責，我亦「情在不能醒」，始終不為所動，而這些年來的所見所聞，以及所發生的賞心趣事，或也是茶餘飯後足資助談的話題吧。

為編選此書，每多利用夜闌人靜之時重讀舊作，雖然文中所觸及的往事，早已漸行漸遠，卻依然讓我有如逢故人之感，而且心中的悸動，仍不減當年，因而也再次讓我體會到美國詩人佛洛斯特（Robert Frost）所說的：「作者沒有含淚執筆，讀者就不會含淚閱讀；作者沒有驚喜之感，讀者就不會有驚喜之感」，確實是快人快語的肺腑之言。

這本書能在出版業極不景氣之時登場，仰靠的並非是個人單方面的努力，而應歸功於他人的美意。在此，要特別感謝「寄暢園文化藝術基金會」負責人張郭玉雨女士和張順易先生的鼎力支持，慨諾負擔全部的出版費用，並捐出其中三百本，提供「全國眷村文化保存聯盟」義賣，作為編印雜誌之用。種種厚愛，令我點滴在心，無以名之。

再者，我也要衷心感謝國內最有分量的文學刊物「文訊雜誌社」封德屏社長，她在編務已忙得不可開交之際，仍願承擔此書的編印工作，千金一諾，感何如之。

最後，我必須感謝謝里法教授和黃光男教授的費心作序，益見彼此交誼，歷久彌堅，而書稿先邀其過目，也應算是友情的另一次叩訪。

人生許多美事，無不是因緣促成，而最殊勝的助緣，莫過於人與人之間永值珍惜跟守護的情誼了！

目次

輯三・重溫生命的溫暖

輯四・浮生了了文物情

輯一

人走茶未涼

近代大儒沈尹默先生在其詞作〈踏莎行〉所言：
「人生能有幾多程，迢迢不斷天涯路」，
我們拜讀「寄暢園」主人張允中的傳記，
實不難發現，
在其一生長亭接短亭的跋涉中，
在其以保存台灣文化為終生志業的追尋裡，
處處留下築夢踏實、啟發後人的足跡。

人間能有幾多程

無負此生的寄暢園主人

大約是七、八年前吧，台師大美術系江明賢教授多次跟我提起，桃園縣大溪鎮鴻禧山莊有個名叫「寄暢園」的好去處，極具園林之勝不說，而且還長期展售大量近現代字畫，保證讓我如入寶山，樂不思返，而最重要的是，主人張允中賢伉儷熱情好客，擅於「以畫會友」，對文人與藝術家尤為敬重。

江老師是國內公認中壯輩的水墨大家，眼界自然非比尋常，能入其法眼，並蒙再三推薦者，自不能等閒視之。特別是，我對「寄暢」一詞的來歷，也略諳一二，知道此語是取自晉「書聖」王羲之的五言詩，現今有人能以此為宅第之名，足見其襟懷亦非泛泛，若能有機會結識，豈應失之交臂？

王右軍的原詩是這樣子的：

取歡仁智樂，寄暢山水陰；
清泠溪澗瀨，歷落松竹林。

詩中首句「取歡仁智樂」，顯然是典出《論語．雍也篇》中「智者樂水，仁者樂山」一語。次句「寄暢山水陰」，指的是古人以山南水北為陽、山北水南為陰，因而，尋幽訪勝，寄情山水，必須尋覓山明水秀之地。至於此詩的後二句，則旨在寓情於景，藉刻劃潺潺溪水的清涼冷冽、簌簌竹林的錯落有致，彰顯大自然的美妙，以及作者高潔灑脫的不俗情操。

讀這首詩，很難不聯想起王羲之的傳世之作《蘭亭集序》，內中描繪作者與一群好友聚會在有「崇山峻嶺」、「茂林修竹」、「清流激湍」之地，因得以洗盡塵勞，享受曲水流觴、暢敘幽情之樂。此一千古名篇，全文計三百二十四字，但與前述王氏的二十字五言詩相較，亦有若何符節之處，兩相對照，也益發教人對「寄暢」兩字產生無限的遐思與嚮往！

如此說來，筆者之所以能跟「寄暢園」主人張允中夫婦訂交，除應感謝友人的引介外，冥冥之中，前述古詩文似乎也發揮了一點牽成的力量。當然，志同道合所促成的「同聲相應，同氣相求」，也是其來有自的一種助緣。

經由彼此多年來的時相往還，我深深的感覺到，「寄暢園」之所以能成為群賢畢至、少長咸集的會所，不僅是因為其主人獨具慧眼，所收字畫文物不乏「真、精、新」三美並具的搶手貨，而且張氏為人正直俠義，一掃鉤心鬥角、爾虞我詐的商界歪風，每遇爭議，只要張氏出面，往往一言九鼎，各方信服！

事實上，張氏雖然一生從事文物買賣的生意，而他早已超越文物商的命定格局，成為一名文物收藏家、鑑賞家，以及一位時時念茲在茲，以文化傳承為己任的文物界巨擘。

舉例而言，張氏對「台灣文獻」書畫，情有獨鍾，積數十年之訪求，所費不貲，不在話下，而其收藏量多質精，在現今台灣書畫藏家中，無人能出其右。就拿清末先後應聘來台擔任板橋林家西席的呂世宜、葉化成、謝琯樵三位先賢的作品來說，目前在坊間能見及彼等隻字片語，已屬難得，而張氏卻收藏有其中堂、對聯、手卷、冊頁各類代表作，單就這一項來說，就足以教台灣各家博物館、美術館瞠乎其後，自嘆弗如了！

再說張氏手中不乏林朝英、許南英、莊敬夫、沈葆楨、林覺、林琴南、吳魯、郭尚先、謝曦等眾多名家精絕之作，平常雖不輕易示人，但「寄暢園」過去曾數度在國立歷史博物館、國父紀念館等處公開展出部分珍藏，並出版專輯以享同好，令人大開眼界之餘，對張氏一生致力於保存台灣文化的苦心孤詣，又豈能不打心底佩服？

誠如近代大儒沈尹默先生在其詞作〈踏莎行〉所言：「人生能有幾多程，迢迢不斷天涯路」，我們拜讀「寄暢園」主人張允中的傳記，實不難發現，在其一生長亭接短亭的跋涉中，在其以保存台灣文化為終生志業的追尋裡，處處留下築夢踏實、啟發後人的足跡。

張氏能成為文物世界裡望重一方的典範，不是偶然，而是必然！

筆者之所以能跟「寄暢園」主人張允中夫婦訂交，志同道合所促成的「同聲相應，同氣相求」，是其來有自的一種助緣。

算命師最常勸告顧客的一句話，就是「要防小人」，
點出小人猖狂、無所不在的世情。
然而，可堪告慰的是，
古人也說「十步之內必有芳草」，
芳草所代表的就是君子，
也就是說不管你「向左走、向右走」，
只要出門，就一定會碰到君子，碰到好人。

快樂的君子

數月前，我到國外出差，回程在飛機上看到香港《亞洲週刊》披載金庸與王蒙對談人生哲學的文章。機上無事，細細讀過兩位文壇大家過招切磋的哲思妙語，頗有會心。

金庸是華人世界婦孺皆知的武俠小說盟主，筆下熔文學、史學、哲學、美學及幻想於一爐的奇情故事，曾是我早年捧讀再三、一路沉迷的精神食糧。倒是擔任過大陸文化部長的王蒙，雖然著作等身，文名遠播，但我只接觸過他的散文，未多涉獵他賴以成名的小說。

我最喜歡他們兩人談到君子與小人的那一段，大意如此：金庸指出，做君子要付出代價，難免常常受到小人的暗算與欺負。王蒙回應說，君子的武器不如小人多，例如小人善於造謠，君子有所不為，不屑以造謠作為回敬；又壞人常誣陷好人，好人當然也不會出此下策，否則兩者就同流合汙了。

王蒙雖然認為小人武器比較多，卻也強調，長久而言，君子的劍術還是比小人略勝一籌。像王蒙這樣一位一生經歷過無數大風大浪的文學家，能下如此的結論，不單單顯示了他的宅心仁厚，願意給好人一些鼓勵與希望，事實上，也應該是他總結其人生經驗的肺腑之言。

君子與小人之爭，無時不有，無地不有，可說是一種人生難以迴避的常態。君不見，算命師最常勸告顧客的一句話，就是「要防小人」，點出小人猖狂、無所不在的世情。然而，可堪告慰的是，古人也說「十步之內必有芳草」，芳草所代表的就是君子，也就是說不管你「向左走、向右走」，只要出門，就一定會碰到君子，碰到好人。

最近我有多次機會前往位於桃園大溪的寄暢園作客，參觀該園名聞遐邇的文物珍藏，並跟主人張允中、郭玉雨賢伉儷品茗，閒話家常，從張氏的家庭、幼年生活，一直聊到其收藏文物的緣起、做生意的原則、鑑定字畫的訣竅，讓我領略到不少做人做事的道理，連帶對王蒙所提君子劍法技高一著的說法，也有了更深一層的體認。

張允中先生是台中縣大雅鄉人，出身富農之家，八歲父親見背，兄弟分家，他因年紀太小，所繼承的那一份家業就暫由母親代管。有時他跟隨母親回豐原探親，接觸到外公所珍藏的許多台灣名家字畫，令他大開眼界，後來他會走上收藏文物、買賣文物的不歸路，在字畫的天地裡翻滾一生，至今無怨無悔，若要追本溯源，實是結緣於此。

當時有不少跑唐山的單幫客，常向張家兜售古董，兄長看不上的，每每由獨具慧眼的張允中買去。冷門貨有時卻有最大的升值潛力，他能撇開一時市場因素，從較寬廣的文史角度，透視文物本身的藝術文化價值，不能不說是先天就有投資古物的慧根。

一九五四年，張允中二十六歲，渡海到日本做電梯代理生意，可是他始終也未忘情收藏文物的真正興趣。十二年後，中國大陸如火如荼地展開了文化大革命，連續十年，大批古董字畫一船一船地被賤賣到東瀛，他認為機不可失，立即集資大量收入這些流落異邦的故國文物，並在東京西麻布高級商區開店，從事文物生意。店裡庫藏最多時，字畫總數高達十六萬件之多，目前在外雙溪的故宮博物院，所藏各類文物總數也不過六十多萬件，而張氏一己之力，就有其四分之一件數，真教人聞之咋舌。

中國人做生意，講究和氣生財、童叟無欺，但一般說來，台灣的古董字畫店，能做到公開標價的，卻是屈指可數。張允中主持的寄暢園，堅持定價透明化的原則，園裡除了展覽品及保留品，其他一切待售之物無不標明售價。店大卻不欺生，讓新知舊雨皆感放心。

最教我佩服的是，張氏夫婦提到，有時新貨剛到，還來不及標價，就有人看中，想要捷足先登。換成別人，眼見東西搶手，說不定就會獅子大開口，來個漫天要價。然而，張允中不存貪念，常對顧客說：「千萬不要買我未標價的東西，因為你若一定要我開價，我既然知道東西已有人要買，心理上就難免會把價錢說高，這對你並不公平！你要是真有興趣，等我標好售價，再來談好了！」做生意也能顧及客人一方的利益，怕客人價錢買高了後悔，老輩文化人做事的性格，真有讓人望塵莫及之處！

張允中經營文物生意，近一甲子，他用「無限買進」來形容其進貨的氣魄，對他而言，東西的數量不是問題，問題是買進的價格，如果進價比別人貴很多，就不容易有競爭力。他常對員工說，懂得如何賣東西固然很好，更重要的是，要會如何買東西。公司一年用在公關應酬的費用，不在少數，其中百分之七十，是用在供貨的賣家身上，用在買家身上的，只不過百分之三十而已。

這種獨樹一幟的經營理念，可說是寄暢園樹立行規與口碑的成功祕訣。盛名所及，日本有不少古董店在收進一批中國字畫後，一定要先找精於鑑識的張氏定奪好壞真偽，才願做進一步的處理。台灣的同行遇此每有怨言，會說：「難道張先生的錢就比較大嗎？」做生意，看的當然是利潤，但信譽更是細水長流的最佳保證。早已跨入七十歲大關的張氏，目前還常應日本文物界朋友的召喚，興致勃勃地專程搭機遠征東京看貨呢！

開店做生意，很難留住貨，不少好東西也都找到珍愛它們的主人，各奔前程去了。可是，張允中身邊有一批屬於「台灣文獻」的字畫，是他數十年來多方蒐羅的珍藏。我曾跟師大美術系的江明賢教授、精研台灣美術史的謝里法老師與謝師母，一起拜觀過其中部分精品，包括謝琯樵的寫竹冊頁、林朝英的草書手卷、何丹山的花鳥長卷、蔡九五的鯉魚中堂等，件件都屬博物館級的珍貴文物。最難能可貴的一點，就是它們保存良好，品相都很完整。主要的原因，是這些字畫過去都長年收在日本藏家手中，否則以台灣地區潮濕悶熱的氣候，這批東西難免遭逢長霉蟲蛀的三生劫難！

不少收藏家對這批台灣早期的字畫興趣濃厚，不過，張允中認為它們是研究台灣美術發展，以及台灣與大陸文化淵源的第一手文史資料，若零零散散的割愛，就算能求得善價，將來要想再找來參考、研究，恐怕就有登天之難了。上上之策，莫過於由政府或民間文化機構整批典藏，並加以整理、論述。當然，作為一個買賣人，他可以不管這些，但作為一個有理想、有良知的文化人，他不能不做此考量！

超過半世紀的文物交易實戰，張允中過眼的中國書畫，少說也有數十萬件，他的鑑識經驗，圈內少有人可以相提並論，而張氏仍三不五時地提醒其夫人郭玉雨說：「我們是生意人，講話聲音要低一點！」他總是以客為尊，心中儘管早有定見，卻謙虛地保持低調，從不願跟顧客針鋒相對地辯論書畫的真偽。遇有買賣爭議，寧可吃點虧，他認為，吃虧若能求得心安，使夜裡睡覺睡得舒服一些，那就是最大的補償了。

年輕時，他也想學畫，憧憬著當藝術家的浪漫風采。收藏家林熊光（板橋林家的後人）坦率地對他說：「畫畫需要天分，你若畫不好，見到別人的作品，不論好壞，都會覺得在自己之上，就難免高估其價值，買進後必定滯銷，我勸你還是專心做生意，努力做第一流的鑑定家好了！」張允中從善如流，從此放棄了當畫家的夢。

據他描述，林熊光買字畫，經常出題考他，追問他東西對不對，對在何處，錯在哪裡。他從林氏那兒，學到不少鑑定書畫的寶貴知識，至今讓他感念不已。人們常說，教學相長，買賣文物又何其不然？

發明家愛迪生曾說：「我這一生從未做過一天的工作，盡是玩耍而已。」（I never did a day's work in my life. It was all fun.）差堪比擬的，張允中也對我說，他悠遊在文物的天地裡，每天做自己喜歡做的事，感覺上，好像這一生天天都在玩樂，都在享受人生。

咀嚼其語，讓我聯想起諾貝爾文學獎得主福克納（William Faulkner, 1897-1962）所言：「享受生命，就不算是失敗的人生。」（No man is a failure who is enjoying life.）金庸在與王蒙的對話中，也一再鼓勵人們要做快樂的君子。愛迪生離我們或許太遠，但我在大溪寄暢園主人身上，找到了另一番難得的應證！

胡適說，

他不管到哪兒做事，都不帶人去上任。

對此，他有非常精闢的看法，

他說：

「我不帶人，什麼人都是我的人；

如果帶了幾個人，人家就有分別了，

說這個人是我的人，這是什麼人的人。」

山風吹不散的人影

這些時日，台灣的政局紛紛擾擾，一直有山雨欲來之勢，有一位老朋友來辦公室看我，瞥見我的電腦桌上放著一本外表破舊不堪的《胡適先生哀榮集》，詫異地問說：「你怎麼會看這本書？」不等我回答，他就隨手把書拿起來翻了翻，又重重地擱下，感嘆道：「一生倡議民主思想的胡先生要是還活著，看到目前台灣的亂象，真不知會作何感想？」

跟不少人一樣，生平首次接觸到胡適先生的文章，就是初中時讀到他的〈母親的教誨〉一文。或許是因為個人也是寡母撫養長大的緣故，我對這篇摘自胡氏《四十自述》的自傳體短文，印象深刻。

記得，文中提到胡適的母親顧及兒子的自尊心，從不在別人面前打罵小孩。遇到兒子犯小錯，他母親會等到孩子第二天清早睡醒後，才出言教訓；但要是犯了大錯，其母就會在夜深人靜後把胡適叫醒，嚴加責罰。

其實，這一點跟家母管教兒女的方式也有相像之處。小時候，我與二哥犯了錯，母親白天也許不說什麼，讓我們以為已逃過一劫，但到了半夜，母親在做完家事上床睡覺前，就會把我們從睡夢中搖醒，或責罵或體罰，若不討饒認錯，絕不寬待。也就是因為自己有過這樣子的「切身之痛」，我對胡適幼年的庭訓情況挺能領會。

我讀高中時，文星書店出版了一套《胡適選集》，三十二開的紅皮小冊，每本平裝定價不過台幣十四元，轟動一時，班上的同學紛紛前往搶購，我也忍痛把好不容易才積攢下來的一點零用錢拿去換這套文星叢書。後來，亦曾隨興蜻蜓點水的把它翻過一遍，卻從未潛心深入細讀。

念大學時，一度迷上了三十年代諸多文壇前輩的白話詩，對胡適先生的《嘗試集》，也未放過。始終認為他比唐代的白居易，更平易近人，不僅喜歡他寫的「也想不相思，可免相思苦。幾次細思量，情願相思苦」，情真意切，更喜歡他這首詩後的小註：「愛情的代價是痛苦，愛情的方法是要忍得住痛苦。」胡適先生一生持身嚴謹，從無緋聞，以他多情如此，足見律己克己之嚴。

胡適的學問、道德、文章，樣樣令人打心底佩服，他的墨寶，也一直是文物市場的搶手貨。多年前我曾在一家古董店買到一封他用毛筆寫給杭立武先生的三頁私信，捧讀再三，讓我對胡氏高山仰止的人品，有了更深一層的認識。

這封信提到胡適於公務部門服務的兒子，有可能在無意中溢領了政府的津貼，胡氏聽說此事，寢食難安，希望好友杭立武能就近代為查明真相，如確有其事，務請先行代償公家，容其稍後悉數奉還。胡適在這封信中，對兒子的行為毫不護短，責備再三，表現出他為人正直磊落，公私分明，絕不容許自己家人謀取任何非分之財。

名人信札的價錢，近來在拍賣會或文物市場中不斷上揚，好幾位知我收藏有胡適此信的朋友，多次跟我打商量，要我割愛，也出過令人聞之心羨的好價錢。有一位朋友甚至動之以利的對我說：「你究竟要多少錢，自己說好了！」一副任我開價、志在必得的態勢，而我始終未為所動。內心總覺得，要是把這件小東西讓了出去，好像有一點對不起誰的樣子！

除了胡適的信札之外，我還收藏有他的兩本簽名著作：《胡適文選》與《四十自述》。兩本書都署名送給外交界前輩胡世熙先生，胡適在內頁以鋼筆字端端正正地題著：「送給子熙兄，適之，五十、二、二十」，所落年款民國五十年，正是胡適邁入人生七十大關之始。根據其生前的祕書胡頌平所寫《胡適之先生晚年談話錄》的記載，胡世熙是在當年的二月十九日下午，前往中央研究院拜訪胡院長。按照宗譜輩分排算，胡君在拜會時還稱胡適為「太公」。

書上落款二月二十日，顯示胡適是在雙方見面後的翌日才題書以贈。想來胡世熙一直珍藏著他這位「太公」的親簽書籍，但就跟許多名人一樣，當事人一旦過世，所保存的書籍、字畫，隨即風流雲散，事實上，這兩本書就是我在舊書店裡掘寶之物，可說得來全不費工夫，卻也讓我再度見證了世間曲終人散時的悲涼結局。

文人有強烈的使命感，重視文化遺產，喜歡收藏文物的人，不在少數，老一輩作家中的魯迅、老舍、沈從文等，無不是從事業餘收藏的佼佼者。比較說來，胡適不能算是什麼文物收藏家，但他自己的確也認真收集過兩樣東西。

第一樣是火柴盒。雖是不起眼的微物，他在駐美大使任內，收藏的總數，也已超過五千之數。他說，多半是他在旅行或參加宴會時順便收進的東西，而朋友口耳相傳，投其所好，也都樂意代為留心，常常主動奉贈。

第二樣是全世界各國怕老婆的故事。所收集的故事，有各種外國文字，不過，根據胡適的研究，全球只有三個國家找不到怕老婆的故事，分別是日本、德國與俄國。胡適的結論是這樣子：流傳有怕老婆故事的，都是自由民主國家，反之，全都是威權體制。這話聽起來有點像在半開玩笑，但只要你對扶桑三島的大男人主義有幾分認識，也就不會認為胡氏的評論完全是無的放矢了！

胡頌平的《胡適之先生晚年談話錄》，記載的是他一九五八年十二月開始擔任胡適院長助手，到一九六二年二月二十四日胡適心肌梗塞倒下不起為止，隨侍在側的所見所聞。當年我讀這本書時，恰在美國舊金山工作，異鄉羈旅，此書擱在枕邊，每在睡前信手翻閱，諸多內容有若吉光片羽，給了我不少啟發與安慰。

記憶最深的是，書中提到，胡適曾在英國參觀一所名人輩出，有著輝煌歷史的貴族學校，看到有一個專門用來體罰學生的小房間，內中擺著一張特製的椅子與一根用樺木做的木條，據告學生一旦被這根樺杖處罰過，校方就會立即以書面通知其家長「繳費」，旨在告知對方：孩子已在校違規，受到處罰，家長也要有所注意了。

孩子在校被老師用特製的木條打了幾下，家長卻需破費，這事可以發生在重視傳統，有千載民主政治經驗的英國，但如果發生在現今的台灣，家長肯定會氣得抓狂，甚至一狀告到教育局，非討回公道不可！

而這跟台灣數十年前，我小時候的情況，也不可同日而語。那個時代，做父母的，人人忙著為生活打拚，自己沒多少時間管教小孩，最希望學校能好好代勞。特別是中小學，家長每每到處打聽哪位老師最兇，就千方百計講人情把孩子轉到那一班去，甚至還會親自拜託老師說：「我的小孩很頑劣，請老師不要客氣，儘管處罰、儘管打！」就連我這個一直名列前茅、年年做班長的，都莫名其妙地被老師揍了好幾回，就可見出當時一般學校體罰的「盛況」了。

胡適是民主的導師，他提這段參訪見聞，不是在鼓吹學校體罰的重要，而在強調孩子的在校行為，父母應多加關切，即使受到「連坐」，也應無怨言。

胡頌平出版的這本談話錄中，在在揭示了一代學者不凡的人生理念。例如，胡適說，他不管到哪兒做事，都不帶人去上任。對此，他有非常精闢的看法，他說：「我不帶人，什麼人都是我的人；如果帶了幾個人，人家就有分別了，說這個人是我的人，這是什麼人的人。」如此深通人性、一針見血的論點，環顧國內，有幾個大人物能講得出？就算能講得出，也未見得能做得到，確確實實是現今許多檯面上人士應該深切省思，引為座右銘的話！

總統大選已過，社會上對立情況嚴重，很多人內心都有一股抑鬱難申的苦悶，我常常想起《胡適之先生晚年談話錄》中發人深省的一段：胡適去康乃爾大學探望史學大師伯爾（Prof. George Lincoln Burr, 1857-1938），兩人談了一整天的話，伯爾最後有感而發的表示，他年紀越大，就越覺得容忍比自由還來得重要（Tolerance is more important than freedom.）。胡適說，他深有同感，而且覺得，容忍就是自由，沒有容忍，也就沒有了自由。

胡適先生辭世，轉眼都已四十二年了，現今政治人物個個把自由、民主當成萬靈丹，天天掛在嘴邊，但卻不見有人問一聲：我們是否也有足夠的容忍？

綿綿不絕的春雨，把窗外木柵的山景渲染得煙霧濛濛，向晚的山風微透著幾分寒意，吹響醉夢溪的湍湍奔流，讓人不禁想起適之先生的名句：「山風吹亂了窗紙上的松痕，吹不散我心頭的人影」……。

最近讀到全球首富、「微軟」總裁比爾・蓋茲所說的
一句話「成功是個差勁的老師，
它讓聰明人誤以為他們不會失敗。」
回顧個人前塵往事，
益發覺得此為蓋氏十九歲創業，
縱橫科技世界二十多年，
看盡電腦行業起起落落，所總結出來的經驗之談。

昏昏燈火話平生

筆者曾向文史學者柏楊先生求了一幅墨寶，內容是其蹭蹬一生，為民主、人權奮鬥半世紀的自況，裝裱後掛在辦公桌旁的牆上，藝文界的朋友來訪，喜見柏老手跡，都忍不住在嘴上虛唸一遍或逕讀出聲來：

展翅奮飛五十年，回首依依啣殘篇，
重讀昔日筆下字，一字一情一惘然。

公誼私情，我有幸親炙柏老雖是二十餘年前的事，但跟柏老當年風行全國的暢銷大作結緣，拜讀其無數嘻笑怒罵的雜文隨筆，卻是早在青澀的少年時代。

高中時，家住牯嶺街底，學校在南海路，每天步行上下學，堪稱方便。那時，牯嶺街可是舊書攤的大本營，放學回家途中，穿過書香氤氳的樹蔭，觸目皆是圖書、雜誌，哪怕是再不喜歡讀書的人，都不可能不駐足流連，隨興翻閱，更甭說像我這麼一個整天與書本為伍的學子。多少零用錢，就這樣變成一本本心愛的讀物，其中包括由柏老自任發行人、「平原出版社」印行的《高山滾鼓集》、《道貌岸然集》、《聞過則怒集》、《紅袖集》、《立正集》、《怪馬集》等。這些書原來的定價都在新台幣十塊錢左右，舊書看品相，約為二分之一到三分之一的價格（三至五塊錢），說來便宜，但也相等於那時吃一碗炸醬麵的錢了。

以彼時威權時代的政治氣候，言論自由受到相當箝制，柏老敢捋虎鬚，堅持發揮知識分子的道德勇氣，言人之所不能言、不敢言，震聾發聵，喚醒國人的良知，為後來台灣民主政治的發展奠定根基，卻難見容於當道。九年又二十六天的綠島冤獄，自屬事出有因，其來有緒。

十年磨一劍，將近十載的火燒島牢獄之災，固是靈魂的受難，也造就柏老成為一名博古通今的文史大家。他的七十二冊《柏楊版資治通鑑》、《中國人史綱》、《醜陋的中國人》等擲地有聲之作，具見深厚精湛的學養與生命智慧，獲得普世一致的肯定，亦令無數碩學鴻儒衷心折服。

有人說，屈原不遭放逐不會寫《離騷》，司馬遷不受宮刑也不會撰《史記》，似乎暗示，人生想要有大成就，就非得忍受大苦難、大磨鍊不可，聽起來殘酷，卻也不無幾分哲理存在。

我曾當面請教柏老，若是當年他未遭長期囚禁於孤島的非人待遇，堅毅其心志，一生會不會只做一名關心社會發展的作家，而無法在推動民主及精研文史上獲得如此高的成就。柏老不否認有這種可能，不過，他提醒我說，千萬不要忘記，有多少社會精英與熱血滔滔的有為之士，抵不住威權的壓制，消沉潦倒一世，甚或備受迫害，無聲無息地默然倒下，埋骨於荒煙蔓草之間。柏老強調，一個人能不能把打擊視為生命的挑戰，或將其變成反敗為勝的契機，與他的人格特質與個性，實大有關係。

與柏老相較，我輩中恐怕很少人會經歷如此暴漲暴跌的起落，但俯仰天地之間，只要一息尚存，人生就難免遭逢失敗、挫折與考驗。就筆者而言，回首數十寒暑的人生軌跡，步履踉蹌處，也所在多有。舉例來說好了，男孩子調皮，小時候都難免有挨打的經驗，胡適之先生在《四十自述》中不是也提到母親管教嚴格，常遭擰肉、下跪的責罰，但一般人在上中學以後，應少有吃耳光的紀錄，但偏偏我這個自幼當模範生的，就有過這麼一次銘記終生，也讓我獲益終生的特殊經歷。

初一時，我當班長，有一天下午放學時分，訓導主任透過廣播找我過去，說：「你們班上是不是有位叫江雲翔的同學？有民眾寫信反映，他在公車上拾金不昧，你幫我找他過來，我要問清楚後公開表揚。」回到班上，發現同學們早已散去，我又騎腳踏車在校園裡繞了兩圈，沒見江雲翔的人影，也就逕自離校返家了。

第二天早自習，訓導主任就到班上找我，興師問罪說：「昨天我叫你找人，找不到沒關係，你怎麼不回報一下，害我等你等到五點多鐘！」我自知理虧，無辭分辯，尷尬地陪著笑臉。沒料到，訓導主任一個火辣辣的巴掌突然就飛了過來，並怒吼道：「你還敢笑？做班長的一點也不負責！」當著全班同學的面，真令我無地自容，萬分難堪！

記憶中，這是我生平第一次，也是唯一的一次耳光，說來是人生小小的一個教訓，談不上是什麼奇恥大辱，但卻將「負責」、「寬容」兩詞烙印成我生命的痕記，對我一生行事風格與待人接物的態度，有著深遠的影響。

我在金門服預官役時，被調到師部當侍從官。那時兩岸情勢還很緊張，補給船艦運輸物質完全要配合海水的潮汐，岸勤作業經常是從晚上披星戴月地忙到天明。負責督導此一業務的副師長，每每要我三更半夜喊他起床，我怕誤事，夜裡不敢闔眼。如果預定叫他的時間是兩點，我就會看書看到一點五十五分，然後走出自己的碉堡，到達副師長寢室的門前，舉起左手腕，定定地注視著錶上的指針剛好落在兩點的位置，這才抬起右手輕輕敲門，並開口說：「報告副師長，我是侍從官，現在已兩點了！」

不管是服役期間，或是後來進入公務部門打拚二、三十年，對上級交代的任務，無不全力以赴，適時回報其進展，終能贏得大多數長官的信任，從心理分析追本溯源，這跟我少年時所挨的那一記耳光，不能說完全沒有關係。

從另一個角度來說，儘管這些年來工作的擔子不輕，也常有人才難覓的感慨，但對年輕同事因經驗不足的無心之失，我從不願求全責備地去要求。

多年前，我應邀到「全國文藝營」談散文欣賞，提到吳組緗先生的文章中記載文學前輩老舍的一段軼事，略以：抗戰期間，在重慶，老舍有個朋友染上吸毒的不良嗜好，行為不很檢點。有一回他在老舍家作客，順手牽羊地摸走了另一客人的大衣和呢帽，偷偷溜掉，想去當鋪典當後過癮。老舍機警，立即追到街上，塞了一張五元的票子給那位朋友，奪過其手裡的衣帽，捶了他一下肩膊：「唉，真沒法說你！」

我十分喜歡這句「真沒法說你」，簡簡單單一句京片子，卻交織著對朋友的深情與責備，而且還流露著幾許無奈，把老舍對人的厚道與寬諒，刻劃得入木三分。老舍的名著，年輕時我只略讀過《四世同堂》、《老牛破車》、《貓城記》等，浸淫不深，但對文學前輩此種不凡的人格表現，內心卻一直有著高山仰止的崇拜與敬仰。猶記十幾年前，老舍的哲嗣「中國現代文學館」館長舒乙先生訪台，一票文友跟他喝咖啡，大夥聊得眉飛色舞，真有一見如故之感。他也許不知道，雖說兩岸海天相隔、政治歧異，透過其尊翁的作品及人格感召，一種無以名之的「宿緣」，其實早已存在於我們之間！

老舍的一記拳，對他那位吸毒朋友所發生的作用，恐怕不及初中訓導主任一記耳光對我的啟發。可是，影響我最深的一件事，卻是發生在大學一年級的時候。那時，剛做新鮮人，受到校風的感染，我報考了「高等檢定考試」的新聞類科，竟然一次通過，不用等到大學畢業，就憑此一資格隨即報名了高考。

掉以輕心的結果，慘遭滑鐵盧，自是意料中事，專業科目還差強人意，問題是共同科目中的「憲法」只拿了十八分，自以為拿手的「國父遺教」也只得了二十七分。一個法律系學生，且大一剛修過憲法，只考了區區十幾分，真教人無以自處！痛定思痛，大三捲土重來，再次上陣參加高考，單是準備「憲法」一科，不僅將全部法條背得滾瓜爛熟，還精讀了四百個問答題、好幾種教科書，這樣嚴陣以待，說實在的，想要碰到陌生的題目都難，自然拿到高分。

當校門口貼出祝賀金榜題名的大紅海報時，生平第一次真正領略到什麼叫作功不唐捐。當初一個「無顏見江東父老」的十八分，對身為考生的我而言，當然是人生路上情何以堪的挫敗，但換得的教訓，卻讓筆者後來能過關斬將，正式踏入公務部門服務，一輩子衣食無缺。人生的成敗利鈍、毀譽得失，又如何能像楚河漢界，讓人一目了然呢？

最近讀到全球首富、「微軟」總裁比爾．蓋茲所說的一句話：「成功是個差勁的老師，它讓聰明人誤以為他們不會失敗。」（Success is a lousy teacher. It seduces smart people into thinking they can't lose.）回顧個人前塵往事，益發覺得此為蓋氏十九歲創業，縱橫科技世界二十多年，看盡電腦行業起起落落，所總結出來的經驗之談。

或許，不少讀者也會同意，人生的道路上，有時並不怕挫敗，而是怕太早的成功！

弘一法師開示信眾，
「息謗」的方法，在於「無辯」，
否則，愈辯謗愈深，反不如不辯來得好。
他解釋說，一張白紙沾上一滴墨水，
若不去動它，可能不會擴散，
若立即加以擦拭，往往事與願違，
汙染成更大一片。

大愛微情話佛緣

某週日晚，偕內人去天母，探望「德簡書院」的山長王鎮華老師，品茶歡談，直至午夜時分始依依辭別。驅車回家途中，眼見深夜的台北街頭滿是風馳電掣的車輛，內人不禁感嘆道：「都半夜了，為什麼還有這麼多車子？這些夜貓子，究竟要去哪兒？」

我不假思索的漫應道：「他們去妳要去的地方！」內人聽後，愣了半晌才笑說：「想不到你還會講出如此有禪機的話來！」

打高中起，我就入了天主教，一向認為與佛門的法緣不深，但在二、三十年宦海浮沉的歲月裡，也遇到一些引領我認識佛理的助緣，彌足回味。

我從國外回來出任新聞局國際處處長，長達四年，司機小陳與我配合無間，成了我抒吐苦悶的對象。他是虔誠的佛教徒，對佛學鑽研很深，平時謹守分際，從不多言，遇到我問及佛教的事，卻能口若懸河，侃侃而談，而且喜歡以佛門公案故事為證，委婉表達他的看法。

在我轉換工作跑道之後，小陳不忘舊交，多次寄贈通俗易懂的佛書，雖未明說，期盼我早沾法雨、發心向佛之意，已不言而喻。三個多月前，他專程到我辦公室，興高采烈地宣布他已提前退休，並在木柵忠順街開了一家香店，服務十方信眾，邀我抽空去喝茶。

或許就是受到小陳的影響，近些年來，我雖未認真下工夫研究佛教經典，但也斷斷續續接觸了一些佛門大德的傳記與著作，例如：《虛雲和尚年譜》、《印光大師年譜》、淨空法師的《晚晴集講記》、《廣欽老和尚開示法語錄》、倓虛法師的《影塵回憶錄》、《弘一大師格言別集》等，對人生意義的觀照與體悟，多所啟發不說，就是對自己為人處事、待人接物，也有許多無形的助益。

就以弘一法師李叔同來說，他堅苦卓絕地修習律宗，終被佛門尊為「重興南山律宗第十一代祖師」的不凡行誼，固然教無數佛門中人高山仰止，望塵莫及，也不免讓吾輩有醍醐灌頂之感，從而痛定思痛，鼓勇檢視自己生命的步履。

時下一般人，未見得對弘一法師李叔同有多少認識，但一定總記得那首在華人世界傳唱八、九十年的〈送別〉，以及同樣膾炙人口的〈春遊〉、〈憶兒時〉等名歌。〈送別〉是李叔同在一九一三年根據約翰奧德維（John P. Ordway, 1824-1880）的作曲，填寫歌詞：「長亭外，古道邊，芳草碧連天，晚風拂柳笛聲殘，夕陽山外山。天之涯，地之角，知交半零落，一觚濁酒盡餘歡，今宵別夢寒。韶光逝，留無計，今日卻分袂，驪歌一曲送別離，相顧卻依依。聚雖好，別雖悲，世事堪玩味，來日後會相予期，去去莫遲疑。」

較之李義山〈夜雨寄北〉的「何當共剪西窗燭，卻話巴山夜雨時」、柳永〈雨霖鈴〉的「此去經年，應是良辰美景虛設，便縱有千種風情，更與何人說」、王維〈渭城曲〉的「勸君更進一杯酒，西出陽關無故人」，李叔同用白描手法刻劃的送別場景，將天涯斷腸人的離情別緒，襯托得豈不更為真切、更為淋漓盡致？一飲而盡的人生苦酒，縱能稍抵深宵寒意，但又如何能消除那終須一別的無奈跟無助！

這首歌發表五年後，也就是一九一八年八月間，李叔同在杭州虎跑定慧寺剃髮出家，發心修持，誓言「非佛經不書，非佛事不做，非佛語不說」，過著芒鞋破缽、粗茶淡飯的苦行僧生活。

在倓虛法師的回憶錄中，記載了弘一大師李叔同雲遊青島湛山寺的情形，略可見出一代佛門大德苦修的堅忍毅力。他說，弘老隨身只帶著一個破麻袋，以麻繩扎口，內中之物有一件破海青（大袍）、一件破褲褂、兩雙鞋（其中一雙是破舊不堪的軟幫黃鞋，另一雙是一補再補的草鞋），還有一把纏著幾圈鐵線的舊傘，以及一個方型竹編提盒，裡面裝著破報紙與幾本有關律學的書。

佛門大德蒞臨弘法，寺方鄭重其事地為他準備素食，前三次都未被接受。第一次，寺方送了四個菜到房裡，一點未動；第二次，送入的菜稍次，依然未動；第三次只送兩個菜，弘一法師仍不下箸；最後送進一碗「大眾菜」，大師問送飯的寺僧，眾人是否都吃這個菜，是的話，他才吃，否則還是不吃。寺方見此，知道弘一堅拒款待，只好順從其意。

弘一法師行腳湛山寺後，各界請見者絡繹於途，其中愈是權貴，法師愈不肯接見，一般學生拜見，卻是隨到隨見，來者不拒，而且你給他磕一個頭，法師也回磕一個。青島市長要請他吃飯，倓虛法師前一日代為面邀，弘一笑笑未置可否，當日監院師去請，法師給了一個字條請他帶回，上面寫著：「昨日曾將今日期，短榻危坐靜思維，為僧只合居山谷，國士宴中甚不宜」，即使對貴為父母官的一市之長，他也不願意浪費時間去應酬、周旋。

弘一法師一生精研佛門戒律，在湛山寺以此主題開講，頭一次上課卻仍然花了七個小時準備，態度真是慎重。他開示信眾，學律者應先律己，而非用戒律去律人。又說，「息謗」的方法，在於「無辯」，否則，愈辯謗愈深，反不如不辯來得好。法師解釋，一張白紙沾上一滴墨水，若不去動它，可能不會擴散，若立即加以擦拭，往往事與願違，汙染成更大一片。

以無言對待毀謗，看似軟弱，卻是持戒的基本功，自有其至理存焉。在律己的實踐方面，弘一大師身教之法，更有其獨到之處。舉例來說，他身邊的學生或追隨者做了錯事，他不出言責備，只會反求諸己，停止進餐。他之所以拒食，不是刻意跟人嘔氣，而是在替做錯事者懺悔，也怪自己無法以德性感化對方。追隨者了解他的脾氣，每逢法師不吃飯，就知道有做錯事、犯口業的地方，於是趕緊檢討認錯，法師才恢復用餐。

在青島湛山寺住寺半年後，弘一大師決定回南方過冬，倓虛法師挽留無功。臨行前，弘一拿出一張紙條，要倓虛承諾做到紙上所寫的「五不」，那就是：不得為他預備盤纏；不准備齋餞行；不可派人送行；不去約定或詢問何時再來；不許別後彼此繼續通信。

五個要求中的前四項，在在展現弘一刻苦自勵、盡拋俗禮的特殊修為，唯獨禁止互相通信的末項交代，難免讓俗眾感到有些不近人情，而所透露的，正是大師破除塵世羈絆、隨緣聚散的生命徹悟，也正好為其歌曲〈送別〉中「聚雖好，別雖悲，世事堪玩味」的詞句，做了再好不過的註釋。

大愛微情，唯其有大愛，心中才能容得下大我，才能發下普渡眾生、兼善天下的宏願。王鎮華老師在德簡書院講授經典，亦拈出「淡」字訣，鼓勵學生將一切小我與私心看淡、放下，印證於世間人際關係，也只有其淡如水的交情，方能走得長，走得遠。

內人曾利用公餘到德簡書院聽王老師講授《論語》，有一次上課時為某一篇章的含義跟老師爭辯起來，雙方交鋒數回合，相持不下，場面尷尬。下課後正欲離座，王老師大聲點她：「別忘了孔子說的毋意、毋必、毋固、毋我！」內人忍不住，竟回嘴道：「是啊，我們都要做到毋固、毋我！」老師聽了頓時臉色一變，不發一語。

此事發生後，內人深為懊悔，卻不願當面向老師道歉，也不好意思再到書院聽課。過了兩星期，有一天下午，王老師突然屈駕內人的辦公室，開門見山的問說：「妳最近怎麼不來上課？是不是我講課的方式有什麼不對？」內人感愧交加，當下囁嚅著謝罪，回家後頗為自責，對老師親自登門化解師生隔閡，心中大感不安，只有乖乖再去上課，算是誠心誠意地悔改。從此，內人對王老師愈加執禮甚恭，而且完全發自內心。

弘一法師見門生犯錯，不惜絕食，王老師見學生頂撞，可以移樽就教，心中若無慈悲喜捨的大愛，若無不絕如縷的微情，又豈能如此！

若將人生比喻成一幅畫，
那麼，劉老師終於畫完這幅精心之作的最後一筆。
他的封筆辭世，對他來說，或許像落花無言，
並無太多掙扎及遺憾，
但對深愛著他的親人與朋友，
以及對無數喜歡其畫作的人們而言，
心中卻糾結著幾多失落與不捨。

春風入座有餘溫

友人從舊金山打長途電話報訊，高齡九十四歲的老畫家劉業昭老師出了車禍，傷勢嚴重，在醫院裡與死神拔河十數日，終告不支。他卜居的小鎮，決定以「生命的慶典」（A Celebration of Life）為名舉行追思會，禮讚他不斷發光發熱的精彩人生。

猶記十餘年前，我被行政院新聞局外派到舊金山，出任新聞處主任不久，有一天，駐地辦事處的茅承祖顧問跟我聊到灣區的藝文界人士，他如數家珍地簡介每個人不凡的成就，令我印象最深的，是舊金山大橋的北邊有個叫堤波隆（Tiburon）的小鎮，資深畫家劉業昭老師在那兒開了個「寒溪畫室」，店外一年到頭都掛著青天白日國旗，不僅贏得當地人士發自內心的尊敬，也成為小鎮主街上的地標，很值得前往拜訪一下。

在茅氏的熱心安排下，我終於跟劉老師碰了面，雖然兩人年齡相差近四十歲，而我們一見如故、相見恨晚。我倆能成為忘年之交的關鍵因素，就是劉老師有著典型湖南人的脾氣，只要遇著對味的人，即使大家是初次見面，他也會毫無顧慮的，掏心掏肺地道盡心中的塊壘。我們那天會面就是這樣的情形。

我還記得，時節已是深秋，習習的海風透著些許寒意，茅顧問、劉老師與我三人，在畫廊對街蛋糕店的露台，面對著如詩如畫的海天美景，一邊品啜香醇的咖啡，一邊天南地北的話家常。劉老師的談興甚濃，打開話匣子後，娓娓道來當年他是如何進入杭州美專，追隨林風眠、潘天壽等大師學了六年美術；抗戰軍興，他毅然投筆報效黨國；後來備受賞識，一度擔任湖南省黨部副主委；政府遷台，袁守謙先生主政交通部，他出任總務司長，運籌帷幄；袁氏去職後，他重拾繪畫舊業，應聘到國立藝專執教；他怎樣與鄭月波、王昌杰兩畫家以「三劍客」之姿，聯袂來舊金山開闢人生第二春，以及在加州舊金山大學藝術學院教畫退休後，如何看中堤波隆這塊依山傍海、與舊金山大橋遙遙相望的洞天福地，下決心後半輩子靠一支彩筆為生的曲折經過。

長久以來，我一直很喜歡美國作家海明威的作品，衷心服膺他在《老人與海》中所說「男子漢可被毀滅，不可被擊敗」那種奮鬥不懈、愈挫愈勇的氣魄。對海氏親自下場鬥牛、赴非洲打獵、到墨西哥灣海釣、數度充當戰地記者等等充滿冒險與刺激的生命跨度，更是佩服得無以復加。跟海明威相比，劉老師高潮迭起、人生舞台不斷作大幅度轉換的豐富閱歷，其生命的活力又豈遑多讓！

按理說，以其年登耄耋之年，且已遠離台灣是是非非的政治圈，對世事早可不加聞問，但他始終抱持傳統中國知識分子「以天下為己任」的胸懷，時時刻刻關心著國事、天下事。他關心美國總統的選舉，也同樣關心台灣的總統選舉，對台北日益劇烈的政情變化，更是憂心忡忡；他熱心參加雙十國慶酒會、升旗典禮、灣區的藝文與公益活動，也不放棄堤波隆的扶輪社、遊艇俱樂部。只要能說得出名堂，捐錢從不落人於後，捐畫更是小事一樁。

華人在美國住久了，不少人都有滿腹的理財經，至少在量入為出、節儉至上的策略下，也多能混得身有餘裕，無後顧之憂。劉老師的畫作一直很有銷路，惟二、三十年打拚下來，依然兩袖清風，家無恆產。他前後三次回台灣舉行畫展，每次少說亦有數萬美金的進帳，經濟方面卻仍感捉襟見肘。講起這些生活困境，他總會無奈地說：「沒辦法，個性使然，我知道我的手太鬆了！」

他當然有自知之明，但在他的眼中，只有大我，只有朋友，其他一切事只能靠邊站、往後擠。

劉老師仰賴賣畫為生，畫廊生意的好壞影響生計，他當然關心，然而，對一名藝術家而言，作品能賣，固然重要，更重要的卻是，如何能在創作的道路上精進不輟，走出自己的面目與風格，甚至能成「一家之言」，以自己匠心獨運的視覺語彙，引領一代藝術風潮。

過去我在灣區工作時，要是單獨去堤波隆探望老師，每每他會指著牆上的近作，面帶期盼的神色說：「壽來兄，千萬不要客氣啊！請你仔細瞧瞧，我的畫究竟有沒有一點進步？」他不加官銜，也不直乎名字，逕以「兄」相稱，且希望我這個後生晚輩能直言無隱地提供一些意見，老一輩人的謙虛與氣度，真讓人不得不打心裡折服！

有一次他要我點題，作為山水的題材，我未多加思索，信口建議說，張繼的〈楓橋夜泊〉可是千古傳誦的名篇，何不拿其最後一句「夜半鐘聲到客船」造景，以崇山峻嶺為主畫面，點染一山寺掩映其中，下方添增一葉緩緩駛入的蘭舟，落款時再題上原詩，如此必能引發共鳴，贏得有緣人的青睞。

此議劉老師認為妙極，欣然照辦。畫成之後，招我專程前往欣賞，果然情味深厚，把遊子異鄉羈旅，空山晚鐘迴盪的孤寂，刻劃得淋漓盡致，也再度驗證了老師被外界譽為丹青妙手，並非浪得虛名。

新畫在店裡甫一掛出，就被識者捷足先登，善價購去，劉老師喜獲知音之餘，乃依同一主題又畫了一張，跟其他數十幅作品一起帶到台灣展出。他的美籍好友布萊恩，義薄雲天，竟請假陪他遠征台北，協助布展、撤展、看守展場等，照顧得無微不至，讓老師在舊金山的眾親友大為放心。記得，他在回台灣的短短半個多月中，還從台北打過好幾次電話給我，劈頭第一句話照例是：「壽來兄，我是業昭啊！」今後，天上人間，那親切、爽朗、帶著湖南鄉音味道的國語，又何處得以再聞？

那次劉老師在台北展畫，相當成功，展出期間每日都有斬獲，最後又出現一位大手筆的收藏家，一口氣把所剩的畫全部買下。事後，我們坐在堤波隆同一家店裡享受著咖啡，劉老師面露幾分得意，笑咪咪地跟我講：「我帶去的畫最後全讓給了一個人，但在旅館裡我還私藏了一幅，沒捨得拿出來，你也許猜得著，就是那張你最喜歡的夜半鐘聲，我特地留下來要送給你當紀念！」

老人家情深義重，做人何其周到！我輩縱欲投桃報李，又能用什麼來報答他的厚愛於萬一呢？

個人調回台北服務匆匆已六年多，因公因私也常回舊金山，好幾次下飛機第一件事，就是直奔堤波隆「寒溪畫室」看劉老師，而他見到我遠道而來，總是開心得闔不攏嘴，每一次他都會像獻寶似的，把尚未送裱的畫一一鋪在地上，展示他的創作成績。「我們爺兒倆」旁若無人、有說有笑地蹲著看畫的情景，讓瞥見這一幕的朋友無不暗自心羨，也讓剛好上門的顧客受到冷落，甚至有點兒不知所措。

每一回聚首，我們都是在堤波隆最道地的中餐館「怡園」用過晚餐，才興盡賦別。餐館主人車先生多年來一直是老師的畫迷，也是一位很有俠情義氣的性情中人，經常奉送美酒招待。有那麼一兩回，他還慨然堅持作東，不收分文。劉老師為人平易，交遊廣闊，所到之處，惠及友朋，此為一例。

儘管公務繁忙，我回台北工作後，還是三不五時地拿起話筒問候劉老師及師母，在電話那一端，他經常會問：「你何時才能抽空再來舊金山呢？你一定要過來給我一點指教，看看我的畫有沒有什麼突破？」

人們大概很難想像，一個九十多歲的老畫家，猶能像無懼千里風沙的取經者，滿懷雄心壯志。他日夜揮毫，念茲在茲的，仍在於不斷自我超越，為藝術生命奮力尋求定位。拿近代國畫大師齊白石、張大千在六、七十歲時之「衰年變法」比較，劉老師晚年爐火純青、獨樹一幟的大筆「渲揚」，益發顯得難能可貴。

劉老師曾被選為堤波隆的風雲人物，房東為示對他的尊敬，無視市場行情，一、二十年來從不漲租。美西重量級媒體《舊金山紀事報》亦做過專題報導，推崇他的藝術成就與傑出貢獻。老師畫作的知音，遍布於全美各地，其中自然有不少是僑界友人，但光顧其畫廊的美籍人士，似乎更多。堤波隆的首富摩瑞遜先生在世時，就收藏有百餘幅劉老師的代表作，兩人因而成為至交，摩氏的兒子克瑞斯拜劉老師學畫，事師如父，常能就近之便，克盡「有事弟子服其勞」的義務。兩代畫緣，傳為美談。

劉老師的尊翁，是湖南有名的書法家，家學淵源，他的行草筆走龍蛇，蒼勁挺拔，落款時，多題寫詩詞。畫山水，常題「我有故山常自寫」、「遠望家山」；寫墨梅，輒題「故山風雪深寒夜，唯有梅花獨自香」，在在顯示他內心深處對故國家園的深深懷念。從當年避秦來台，到落腳灣區長期定居，數十寒暑已在不知不覺中悄然流逝。在現實生活上，他的確睽違家鄉已久，可是，在書畫的天地裡，他始終駐守著一方淨土，那一直是他的精神家園，從未離開過一天。

若將人生比喻成一幅畫，那麼，劉老師終於畫完這幅精心之作的最後一筆。他的封筆辭世，對他來說，或許像落花無言，並無太多掙扎及遺憾，但對深愛著他的親人與朋友，以及對無數喜歡其畫作的人們而言，心中卻糾結著幾多失落與不捨。

我跟女兒說：「這幾天我有可能夢見劉爺爺，因為他一向是個多禮的人，這回要去那麼遠的地方，一定會來跟我道別！」果能如此，雖說魂夢無憑，亦遠勝過從此幽明永隔吧！

春風已去，餘溫猶在。堤波隆的主街上，今後再也見不到終年掛著中華民國國旗的「寒溪畫室」主人身影，但我們這些認識劉老師的人，將帶著這份餘溫、這份悠悠不盡的懷念，繼續趕路……。

雖說魂夢無憑，亦遠勝過從此幽明永隔吧！

有人肯為師門尊長安息之所，奔走重光；
有人肯為故主的舊居，義務巡守數十春秋；
也有人世守忠良之墓三、四百年。
凡此種種，或許跟古人所說的人生三不朽
「立德、立功、立言」，
都扯不上關係，但仍然會讓我們這些凡夫俗子，
聞之大為動容，敬佩不已。

青山翠竹淩霄節

文史學者辛晚教老師在電話中告訴我，經過「台北市古蹟暨歷史建築審查委員會」多位委員的現場會勘，已達成共識，建議將位於陽明山的閻錫山先生故居，指定為市級古蹟。此一消息令我大感欣慰，心中也有幾分如釋重負之感。

幾年前，由於鄉賢的抬愛，我被推選為「台北市閻伯川先生紀念會」（閻錫山，字伯川）的理事長。此類社團組織，顧名思義，應屬聯誼性質，每年該會最主要的一項活動，就是在閻氏冥誕之日，即十月八日當天，聯袂上山祭拜，以示追禱之意。

這幾年，每次上墳的人，不過二、三十位，多為當年閻氏身邊的祕書、侍衛、舊屬，以及這些鄉賢的後代。閻伯川先生病逝於民國四十九年五月二十四日，當年這批人就算是年富力強之輩，現在也都垂垂老矣。

其中有人已年逾九十，其餘也都年登耄耋，身子骨雖非特殊健朗，多數尚可不靠兒孫的攙扶，自行勉力拾級登高。我雖忝為理事長，但基於輩分，堅持由年長的會員原馥庭先生擔任主祭。

在山風習習的吹拂下，擺好祭品，點燃供香，眾人面對墓碑，一字排開。主祭者除上香、獻花、獻果、獻爵外，並誦讀祭文，帶領陪祭的眾人肅穆地行鞠躬禮。看到主祭的老人家顫巍巍地將手中爵杯之酒，緩緩傾瀉於地，三次獻酒，才澆奠完畢，心中真有無以名之的感動。很難想像，閻先生辭世都已四十多年了，這些故舊竟還能表現得如此忠心耿耿，想來閻氏待人接物，定有超邁古今之處！

在中國近代的政治舞台上，姑不論功過如何，閻伯川先生長期以來一直是一名能夠呼風喚雨的要角。武昌起義時，閻氏在山西率部響應，被推為都督；對日抗戰期間，擔任第二戰區司令長官並兼山西省政府主席，堅禦外侮；民國三十八年，國共內戰方興，風雨飄搖之際，他在廣州出任行政院長兼國防部長，力圖挽救危局；嗣於大陸撤守，他將中央政府遷移來台，其後隱退台北近郊的草山（後改名陽明山），專心著書立說，直至病故都不再聞問世事。

閻伯川先生在山上的故居，距其墓園約數百步之遙，說是故居，只不過是仿大陸北方窯洞打造的石頭屋，內部的隔間及陳設非常簡陋，僅略勝過我在金門外島服預官役時所住的碉堡而已。該屋初具生活與防禦性的基本功能，並無規模可言，若非親眼目睹，實不敢相信這就是一代黨國大員晚年的住所。

數十年來，閻氏故宅並無任何人居住，公家也從未介入維修，它能保存完好的關鍵原因，當然是仰賴這些舊屬的照應，其中張日明先生更應居首功。他曾擔任閻氏的侍衛官，這麼多年來，風雨無阻，天天帶著幾隻土狗上山巡視閻氏故居及墓園，不容任何流浪漢侵入，也負責維護清潔。

每次見到張先生的面，我都忍不住要多瞧上他幾眼，心中暗想，是什麼樣的大恩大德，什麼樣的前世宿緣，能讓這樣一位訥訥寡言的老人如此死心塌地、義無反顧地護衛故主？我不禁聯想到，這些鄉賢也已風燭殘年，他們以個人之力來維護閻氏故居，畢竟不是長久之計，而中國大陸當局早將閻氏在山西省五台縣河邊村（今屬定襄縣）的舊宅，指定為名人故居，當成歷史建築物維護，並開放民眾參觀。海峽這一端的台北，若也能如此，由政府接手維護、管理，對外開放，於公於私當屬功德無量，而且可讓一般民眾，甚至檯面上的政治人士，體認到曾經掌握國家命運的大人物，也可以生活得這般簡樸，進而有所省思，其意義豈不更為深刻？

此議獲得諸鄉賢的認可，乃以紀念會名義具函台北市政府文化局，正式提出請求，幾經該局召開會議研商、履勘，終獲正面結論。

鄉賢張日明先生聞訊，欣慰之餘，也一再表示，在市政府接手之後，有生之年，他仍願為閻氏故居做一名永不退職的志工。張君的義行，讓我想起有人為明朝冤死忠臣袁崇煥之墓，世守數百年，代代不改其志的真人實事。

披閱黎東方的《細說明朝》與金庸在其名著《碧血劍》後所附的袁崇煥傳，眼前飄過一幕幕「人事有代謝，往來成古今」的歷史場景，其中最讓我為之扼腕的，就是明思宗崇禎聽信反間，且為掩飾自己的愚昧，不惜枉屈忠良，硬將最能保衛大明江山的儒將重臣處以慘絕人寰的凌遲，造成千古冤案。崇禎殘暴無道，自毀社稷，至死還要說什麼「朕非亡國之君，諸臣皆亡國之臣」，把亡國滅身之責完全推給臣子，足見其昏庸至極，明朝享祚斷於崇禎，亦可謂其來有自。

袁崇煥遇害時年僅四十六，比岳飛受難於三十九歲，不過年長七歲，正是春秋鼎盛的壯年。受刑後頭顱被一名姓佘的部下冒險盜走，偷偷掩埋於自家後院，因怕遭遇不測，隨即辭官，隱姓埋名。臨終前他才將祕密透露給家人，留下遺訓，交代家人在其死後，將他埋於袁氏一側，與大將軍生死相隨；而且佘家後人不許為官，世世代代必須為袁氏守墓。截至目前，歷經三百七十多年，佘家子孫始終恪遵祖訓，從未擅離守墓之職。年前佘家第十七代後人佘幼芝女士在大陸接受媒體訪問，暢談佘家為袁崇煥守墓數百年的辛酸歷程，此一故事才逐漸傳開。

佘家那位忠義凜然的先祖大名，已無從查考，現存的一塊墓碑僅刻有「明故先考佘太公之墓」數字，世人來此臨風憑弔之時，心中一角難免也會興起幾分漣漪，甚至不免喟嘆：古往今來有多少可歌可泣的無名英雄事跡，被淹沒在波濤滾滾的歷史長河之中！

日前，我與嶺南畫派大師歐豪年教授茶敘，談到袁崇煥是廣東東莞人，跟祖籍廣東茂民的歐大師恰是同鄉。歐大師說，大陸前不久已為袁氏修茸舊墓，而他自己也為重修太老師高奇峰先生在南京的墓園，多方奔走，出錢出力，半年前已大功告成，可以告慰其先師趙少昂先生。

歐教授十七歲拜香港畫壇巨擘趙少昂為師，苦修精研，成為繼承嶺南畫派衣缽的水墨大師。在師門學藝時，就常聽趙老師講述奇峰先生的生平事跡與不凡畫技，這些年來念茲在茲，也陸續以鉅金收進多幅奇峰先生的代表作品。他早注意到太老師在民國二十二年間辭世後，先是歸葬於廣州，三年後又由國府明令移葬於南京近郊的棲霞古寺，當時國民政府主席林森先生還親題「畫聖高奇峰先生之墓」墓碑。

近幾年，歐大師多次前往中國大陸參訪及舉行畫展，心中雖有探訪奇峰先生墓地的盤算，但一直苦無適當機會。去歲四月，他應邀在「南京博物館」舉辦畫展，開幕後略有餘暇，院長徐湖平先生徵詢意向，他即據實以告，於是，就在徐院長、博物館的莊天明所長以及鄭奇教授等多人的陪同下，一行直奔棲霞古寺，向寺方說明來意後，沒有太費手腳，就順利找到高奇峰先生的安息之地。

這裡頭其實還有一段曲折，原來，高奇峰名氣雖大，一生未婚，並無子孫，嶺南派的門人又多在海外，其墓年久失修，漸被遺忘。嗣因棲霞山採礦，坍塌下來的落石不斷，將墓碑壓斷埋住，四周雜卉叢生，甚難辨識。雪上加霜，墓地無人過問下，乃被湮沒七十餘年。

所幸棲霞古寺的檔案室主任徐業海，也是一個有心人，幼年他就聽長輩說大畫家高奇峰葬於栖霞山，去年二月，福至心靈，他突然想到要去尋找高氏的墓地，多次費心踏覓，好不容易才發現半截墓碑，確定了奇峰先生的墓址。說來也奇，兩個月後，從台灣來的歐豪年教授就找上門來，順理成章，遂由徐君負責帶路。此事在時間上扣合得如此之巧，冥冥中似乎早有定數。

在歐大師及多位熱心人士的大力支持與資助下，鳩工整建數月，栖霞山上的奇峰先生墓園翻修一新，通往墓園的山路，也鋪了便利遊人行走的鵝卵石步道。二〇〇三年十月二十日，歐教授還特地從台灣趕去南京，親自主持隆重的重光典禮，當地的《金陵晚報》等多家媒體，對高氏墓園重現栖霞山的來龍去脈，都有大幅報導。

有人肯為師門尊長安息之所，奔走重光；有人肯為故主的舊居，義務巡守數十春秋；也有人世守忠良之墓三、四百年。凡此種種，或許跟古人所說的人生三不朽「立德、立功、立言」，都扯不上關係，但仍然會讓我們這些凡夫俗子，聞之大為動容，敬佩不已。

記得，葉公超先生曾寫過堪稱生命絕唱的如下詩句：「青山翠竹凌霄節，樂於遊人夾道看」，人生要學做凌霄之竹，有時也不很容易，可是，夾道欣賞的心情總不該少吧！

前些日子或許是心血來潮，我突然想到，
昔日，在國家風雨飄搖之際，
家父聽命於閻錫山先生，死守太原到最後城破，
而大半世紀後，身為人子的筆者，
受託出任閻氏紀念會的理事長，
竭力促成將其故居與墓園維護起來，
生前死後，吾家父子兩代皆為閻氏效力。

故人故居故事

一份跨越時空的父子奇緣

筆者是寡母帶大的，若是襁褓之年不計的話，此生中從未真正見過父親本人，惟自幼及長，家中飯廳牆上長年掛著那張父親身著戎裝的泛黃巨幅照片，常讓我覺得，他那雙炯炯有神、散發著一股威儀的眼睛，仍時時關注著他的家人。

小時候，我對父親的生平及行誼，所知有限，但從母親口中得知，他自保定軍校第五期步兵科畢業後，即追隨有「山西王」之稱的閻錫山先生，從基層幹部做起，一生戎馬，立下無數戰功，對日抗戰時出任第十九軍軍長、第十三集團軍總司令，而在國共內戰最後階段，擔任第十兵團司令兼太原守備司令，死守太原城六個多月。

據母親說，家父是遺腹子，祖母不願改嫁，只靠守著幾畝薄田，茹苦含辛地把兒子拉拔成人。父親很能體會其母的犧牲與辛勞，所以他一生事母至孝，不管他後來在外面官做得再大，回到家中對母親始終百依百順，即使遇到老人家嘮叨不休，他還是在一旁陪著笑臉，從不回嘴。

家父治軍嚴明，不過，也很懂得恩威並濟的道理，領導統御所表現出的寬容，即使換至今日也很難想像。舉例來說，擔任過「中華民國太極拳協會」理事長的楊玉振叔叔，是極受家父青睞的舊屬。楊叔處世義薄雲天，而有感於過去受到的提攜，來台後對我們一家子頗為照顧，他曾親口跟我講起這樣一件令他終生感念的往事，使我對父親的為人有了更進一步的認識。

楊叔提到，當年他軍校畢業後，初任連長時滿懷報國的熱情，整日以軍當家，關餉自己捨不得用，悉數花在弟兄身上。某次軍紀比賽，滿以為自己一定名列前茅，結果卻拿了個倒數第一，他一氣之下，就告病回家。雖然那時他的階級不高，此事卻仍被家父知道了。

一天傍晚，家父輕車簡從前去探望，楊叔賭氣高臥在床，未在門口迎接。父親亦不介意，逕入內室探望慰問。臨走時瞥見枕頭旁放著幾本宣揚左派思想的禁書，順手拿起來翻了一下，就溫言勸道：「生病時要好好靜養，不宜看這類的書。」沒過幾天，楊

王靖國將軍抗戰時期照片。

叔就接到人事令，調他到司令部服務。

楊叔強調，那個年頭偷偷看此類書，一旦被人檢舉，事情可大可小，搞不好一輩子的前途就此斷送，而家父深切了解年輕人受委屈後的激憤，非但不予計較，反而立即以實際的行動挽回他對軍旅的信心。

由此亦可見出，家父對楊叔確有知遇的情誼，雖說上一代的交情，每因時遷境移，人事已非，無法延續到下一代，然則，多少年來，我內心中對楊叔的敬重，從未稍減，而楊叔對我這個晚輩的關照與厚愛，亦教我永銘在心。

楊叔已於多年前以一百零三歲高齡謝世。猶記，十幾年前有一天我在上班時間突然接到他的電話，囑咐我翌日中午到一家餐廳一聚，說有要事相商。準時赴約後，才發現在座的，全是「台北市閻伯川先生紀念會」（閻錫山，字伯川）的鄉長。席間，楊叔笑呵呵的指著我對眾人說：「壽來是靖國將軍的後代，正值年富力強的年紀，而我年事已高，如果大家同意的話，理事長一職，就改由他接任如何？」

長輩有此託付，我不敢推辭，於是，就欣然接下此一天上掉下來的職務。其實，一如我所料，此類柔性的民間社團組織，並無任何要務需要推動，紀念會成員每年最要緊的一件事，就是在十月八日閻錫山先生冥誕的當天，連袂上陽明山，親往距閻氏故居不遠處的墓園祭拜。

除我之外，到場的鄉賢幾乎全是閻先生過去的舊屬，包括他的祕書、隨從、醫官、侍衛等。不過，畢竟歲月不饒人，他們現在也都垂垂老矣，有的甚至還不良於行，需要兒孫攙扶才能拾級而上，勉強登臨閻氏安息之所。

此幕看在筆者眼裡，真是既感動又揪心，說來閻先生已辭世半世紀餘，而這些人竟能如此忠心耿耿，不辭勞頓，年年前來致祭，足見閻氏對待身邊部屬，必有其深得人心之處。不過，故居與墓園早已不耐歲月風霜，亟待整修，光靠故舊守護，當非長久之計。

或許是因緣巧合，彼時筆者正擔任文化資產保存機關的負責人，對古蹟與歷史建築認定的條件與標準，自是了然於胸，乃以紀念會理事長的身分，三度致函台北市政府文化局，建議進行文資審議，將閻錫山故居指定為市定古蹟，後又建議把墓園一併納入古蹟保存範圍，嗣經取得閻氏家屬同意，將故居無條件捐贈給市政府，成為公有財產，從此就由公部門負責修繕及維護管理了。

現今閻氏坐落於陽明山永公路的舊宅，早已整修竣工，並開放給外界參觀，據說訪賓中有不少還是打從山西那邊來的陸客。對筆者而言，這座儼然是大陸北方窯洞式的名人故居，終能有個妥善的定位與歸屬，內心很感安慰，總覺得自己並未辜負當年長輩的付託。

原本以為，我跟閻錫山先生的緣分，就此打住，孰知天意難測，大約八年多前，好友拷了一張中國大陸二〇〇九年所攝製的紀錄片《決戰太原》，內中開門見山就指出，太原之役，是其「解放戰爭」中，歷時最長、戰鬥最激烈、付出代價最大的攻堅之戰。此片雖是從大陸的角度拍攝，但看完之後，令我不禁心潮起伏，百感交集，也使我對家父王靖國將軍當年苦守太原的英烈事蹟，知道得更為全面。

不久之後，從山西來的大陸訪賓，送了我一本題為《王公館》的彩印圖冊，我這才曉得，坐落於太原市西華門六號的父親當年寓所，已保留了下來，並被列為名人故居，成為該市重點文物保護對象。

說來也就是這兩件事，促使我起心動念，想要贊助製作一部以太原保衛戰為背景的紀錄片，片中除概述此戰役的來龍去脈外，並述及閻錫山先生在台北陽明山的故居、在山西定襄縣河邊村的莊園，以及家父在太原的「王公館」，並走訪家父的出生地五台縣

山西太原王靖國將軍故居「王公館」。

作者站在山西新河村老家門口。

新河村。

由於內人小轀跟名導演黃玉珊是大學同窗，淵源頗深，就徵得其首肯統籌攝製工作，並邀陳堯興兄共同執導，另敦請資深導演余秉中老師出任總顧問。此事從倡議到開拍、後製、審片、殺青，費時將近三年的工夫。其間並曾遠征山西實地取景，且為力求還原歷史真相，先後採訪了前國安會祕書長胡為真先生（名將胡宗南將軍之子）、政大歷史系閻沁恆教授、劉維開教授，山西文史學者李蓼源先生（曾任閻錫山辦公室祕書）等人，並有幸邀得中央研究院近代史研究所張力教授參與審片。

此片最終能順利拍攝完成，實得力於各方的臂助，而不少長輩與友人的大力成全，亦在在令我感動莫名，點滴在心。舉例來說吧，紀錄片開拍之初，某個週日，我到羅斯福路的信友堂參加主日崇拜，結束後在大廳中巧遇胡為真兄，約略說了一下自己的拍片構想後，就當面邀他以此為主題接受錄影採訪。

在一片嘈雜的人聲中，彼此未能多談，當下胡為真兄只用了「義不容辭」四個字回應我的不情之請。沒過幾天，他就寄給我其尊翁的日記印本，從中我才了解到家父與胡宗南將軍的關係匪淺。無怪乎，民國三十四年（一九四五），抗戰勝利後，蔣公擬調家父擔任河南省主席時，會指派胡氏攜其親筆信至家父駐地密商，而此事經家父請示閻錫山後婉謝了層峰的美意。

其實，四十年前，我外派至南非外館工作時，就已結識彼時在大使館擔任參事的胡為真兄，卻無緣多所請益，而這次他慨然接受黃玉珊導演的訪談，讓我真正見識到將門虎子的軍事學養、遇事態度的嚴謹，以及待人處世的真誠。例如，事先你絕難料到，在回答提問時，他會鄭重掛起軍事地圖，詳細解說太原城的戰備工事、敵我雙方的軍力比較、共軍在半年間對太原發起四次總攻的情形，以及家父領導十數萬守軍奮勇禦敵的始末。

此片雖已殺青，但受新冠肺炎肆虐的影響，至今尚未正式對外發表。然而，前些日子或許是心血來潮，我突然想到，昔日，在國家風雨飄搖之際，家父聽命於閻錫山先生，死守太原到最後城破，而大半世紀後，身為人子的筆者，受託出任閻氏紀念會的理事長，竭力促成將其故居與墓園維護起來，生前死後，吾家父子兩代皆為閻氏效力。

凡此一切，特別是悲壯的太原戰役，儘管早已沉澱在歲月的輪迴間，但亦讓我感到，冥冥之中似有定數，甚至可說是存在著一份跨越時空的父子奇緣！

這也使我不禁聯想起，

由日本搖滾女歌手坂井泉水作詞與主唱的勵志歌曲

〈別認輸〉中的幾句話：

「別認輸，再加把勁，直到最後，

超越自我，不管相離有多遠，

心都在一起，追逐著，遙遠的夢……」

再加把勁

或許是因為生來就缺少運動細胞，筆者年輕時從未愛上任何體能活動，而這些年來，雖然明知運動一事，對已大不如前的體力，裨益甚多，但平日除了散步、打太極拳之外，也很少從事其他運動，儘管如此，我卻對觀賞國際賽事一向意興昂然，甚至不惜熬夜守在電視機或電腦前，及時收看比賽的現場轉播。

觀賞此類體育節目，很難做到心若止水，筆者比起一般熱情的觀眾，時而鼓掌叫好，時而奮臂加油，時而搖頭嘆息，亦不遑多讓。不過，我最喜歡看的，倒不是那種一路領先，讓對手毫無招架之力的場子，而是一方先落下風，卻仍沉著應戰到底，終能演出「逆轉勝」的結局，因為後者所展現出的耐力與勇氣，委實教人打心底佩服。

俗話說：「外行看熱鬧，內行看門道」，我算是看熱鬧之列，對許多運動項目的規則也一竅不通，惟我亦深知，任何一名國際級的運動選手，無不是歷經千錘百鍊的磨練，以及流汗流淚的嚴格訓練所造就的，其背後往往都有一段令人聞之動容與充滿敬意的故事。

可想而知，不少國際上傑出運動選手的身影，都已成為世人難以抛撇的記憶，其中也可能包括美國奧運金牌短跑名將狄佛絲（Gail Devers）。這倒不完全是因為她在一九九二年巴塞隆納奧運首次摘下女子百公尺賽金牌，復於一九九六年亞特蘭大奧運再次奪得相同金牌，並贏得女子四百公尺接力賽金牌。

也不是因為她於二〇一一年，入選美國國家田徑名人堂，次年她又入選美國奧林匹克名人堂，而是因為她個人的奮鬥史，極具勵志意義，不僅是舉世運動員的精神標竿，且已為美國當代運動史寫下傳奇的一頁。

狄佛絲從小就熱愛賽跑，玩伴全非其對手，學生時代就已展露運動天分，屢屢被選入校隊，獲獎無數，後進入加州大學洛杉磯分校，經嚴格的調教，跟有計畫的培養，在一九八七年泛美運動會上獲得百米賽勝利後，聲名不脛而走，前途大為看好，孰料翌年竟得了葛瑞夫茲症（Graves' disease），造成嚴重的甲狀腺功能亢進，人生頓由彩色變成黑白。

筆者並非學醫的，惟對此病的症狀也略知一二，別無他因，就是內人當年亦是甲狀腺亢進的受害者，親睹一旦發作起來，每每心律不整、肌肉無力、手指顫抖、視力模糊等，很是嚇人，最後內人在專科醫師的建議下，將甲狀腺完全割除，至今每天都須靠補充甲狀腺素，方能安然無虞。

狄佛絲的病況，亦非等閒，在治療期間雙腳起泡，腫脹到舉步維艱，一度必須匍匐爬行，甚至病情惡化至醫生考慮予以截肢的地步，此種狀況對一個賽跑選手而言，無異於被宣告了死刑。然而，毅力過人的這位短跑女將，以無比的勇氣與信心，挺過痛苦的治療過程，終將病魔擊退，重新騁馳在跑道上，並在其後的歲月中連連贏得殊榮。

講起來實在不可思議，一個幾乎面臨截肢命運的人，竟能鼓勇迎戰突如其來的殘酷打擊，逆轉人生的苦難，成就其運動生涯中最亮麗的一頁，此一難能可貴的轉折，如何不令人嘖嘖稱奇，為一個不肯輕易屈服的靈魂默默喝采？

當然，狄佛絲此種絕不服輸的人格特質，和她所發揮出的正面能量，必然其來有自。人們若對其成長背景稍做了解，即可知她是一位宗教情懷頗深之人。她出身於基督教家庭，父親是一名牧師，常教導兒女們凡事祈禱、凡事感恩、凡事交託、凡事盼望。

事實上，也就是這樣一種從小所培養成的信仰，影響了狄佛絲在運動場上競技時的態度。她曾說：「起跑前我總會祈禱，祈求讓我勝出，祈求上帝讓我在那一天跑出我的極限，甚至有所超越。如此，不論結果如何，我都會心安理得，因為我知道自己已盡全力。」

雖是簡簡單單一句話，已約略可以感受出狄佛絲的堅定信仰，以及她奮力追求理想的決心與毅力。對此，其父在接受媒體訪問時，對外透露：「打從幼稚園起，一直到上高中，狄佛絲從未缺過一天課，在學期間的優異表現，是她一生的基礎，一個不錯的起點。」

說來，一個人求學的十數年間，每學期都能保持全勤，亦非易事，無怪乎做父親的會引以為傲，而更值得人們注意的是，狄佛絲很早就認知到自己志趣的所在，確立了她應努力追求的人生方向。

一九九二年十月間，也就是在狄佛絲首次於奧運女子百公尺賽奪冠後不久，她應邀回到家鄉母校「甘泉高中」，對台下上千位的學弟妹演講，鼓勵彼等說：「如果我能給你們留下什麼的話，那就是，一定要擁有自己的夢想，並以此為目標，全力以赴！」

毋庸置疑的是，狄佛絲個人翻轉命運、反敗為勝的事蹟，已為其上述忠告做了最佳的見證，而這也使我不禁聯想起，由日本搖滾女歌手坂井泉水作詞與主唱的勵志歌曲〈別認輸〉中的幾句話：「別認輸，再加把勁，直到最後，超越自我，不管相離有多遠，心都在一起，追逐著，遙遠的夢……」

這首歌發行於一九九三年，適逢日本處於泡沫經濟崩潰，社會陷於長期不景氣，人心浮動低迷的階段。坂井泉水清澈愉悅的歌聲，很能療癒人心，給那一代日本人帶來莫大的鼓舞力量，因而它被譽為「日本第一勵志歌曲」，單曲更締造了銷售一百六十四萬張的輝煌紀錄。

狄佛絲的故事，迄今常縈繞於筆者腦海，坂井泉水的歌聲，也常迴盪於筆者耳際，雖說都是發生在二十多年前的過去式，但她們的故事與歌聲，每一念及，依然讓我覺得醰醰有餘味，且讓疲憊之心有重獲生機之感！

輯二

潤物細無聲

代有才人，各擅勝場，而時至今日，
兩岸水墨畫壇呈多元化蓬勃發展，
文人畫一詞雖已不甚流行，
而文人的情懷、文人的風骨、文人的襟抱與理想，
又何嘗不是當今藝術家下筆落墨時所最欲表達者。
就此角度而言，歐大師的畫作乃為當代的文人畫，
下了最具典範的註腳。

湖海豪情的嶺南巨擘

——與歐大師「結緣」的故事

日前，在金門街口的一家舊書店「尋寶」，徜徉書山書海中個把小時，一無所獲。正欲離去時，突然眼睛一亮，一份似曾相識的畫展摺頁映入眼簾，撿起端詳，喜出望外，原來它竟是歐教授豪年大師一九八三年在南非巡迴展覽的舊物。彼時我正任職駐南非大使館新聞參事處，直接促成歐大師在第一大城約堡的展覽，事隔近二十寒暑，再睹此物，真有如逢故人之感。

摩挲著這份印刷品，一股無以名之的親切與熟稔，頓時掩上心頭，而那次畫展的盛況，以及此後與歐大師時相往還的種種情景，亦歷歷在目，恍若昨日。

其實，約堡那站的展覽，是臨時促成的。原先大使館只安排歐大師在斐京普托利亞及南部的開普頓港兩地展出，經我建議於約堡加展一站，楊大使欣表贊同，要我直接徵詢歐大師的意見。

我與歐氏素昧平生，隔了一千五百公里，我從約堡掛電話給正在開普頓開畫展的歐大師，沒想到，他一口應承。接下來，當然就是找場地的問題了。

按理說，外國像樣一點的博物館、美術館，場地奇貨可居，少說也需在一、兩年前就得敲定。我臨「危」受命，心中著實有點發慌。還好我在南非藝文界的人面熟，在貴人相助下，就找上了南非石油公司贊助成立的「陶特畫廊」。

該畫廊負責人華克定女士，仔細翻閱過我帶去的歐氏畫冊後，毫不掩飾其「驚豔」的感覺，二話不說，當下就同意盡快擠出檔期展出歐大師的作品，並願意負擔酒會、印製請帖、保險等全部的展出費用。

那次展覽卻讓甚少接觸亞洲藝術的南非藝術家與一般民眾大開眼界，領會到原來東方的藝術確有可與西方藝術並駕齊驅之處，而為中斐文化交流奠定了堅實基礎。

畫展結束，厚厚三本來賓留言錄，記載了許多南非藝文界與民眾的聲聲讚美與激賞之語，深感與有榮焉之餘，也益發讓我體認到文化傳播的無形力量。

一九九〇年，我擔任新聞局國際處幫辦期間，為配合國家總體外交及海外文宣的需要，特又情商歐大師前往法國、荷蘭、奧地利、德國等西歐文化之邦舉行畫展，獲得空前的成功，歐氏並因此榮獲政府頒贈「國際傳播獎章」，以表彰其協助提升國家國際形象的卓越貢獻。

事隔三載（一九九三年），我被外派到舊金山出任新聞處主任，聞說設於「假日飯店」的「中華文化中心」，地處黃金地段，設備一流，策展又頗認真，經常獲得美國「聯邦藝術基金會」之贊助，但主其事者較親大陸，過去甚少舉辦我方展覽。我對此傳言半信半疑，就主動登門拜訪其執行長關奇女士。

當我出示多位藝術家的畫集，請其挑選，作為考慮合作的對象時，關執行長笑意盈盈的拿起歐大師的畫冊說：「王主任，我們中心唯一的立場，就是要展覽中國傑出藝術家的作品，這樣才能真正促進中美文化的交流，也才能有助於提高我們華人在美的地位。你若能說動歐先生在這兒展覽，我們有把握申請到美方的贊助！」

待我跟歐教授商量畫展的可行性，大師的回應是：「只要是對國家有好處的事，我全聽你的！」

揭幕酒會之盛況，用「戶限為穿」來形容，絕不為過。事實上，開幕前半小時門口已大排長龍，等著簽名魚貫入場，熱烈的迴響與氣氛，讓關執行長樂得闔不攏嘴。三個月後，畫展閉幕時，「文化中心」又破天荒為歐氏舉辦了一場謝展茶會，歐教授親自到場主持，並現場揮毫講解其創作的理念，讓擠得水洩不通的中外嘉賓大飽眼福，讚嘆中國水墨畫技的神妙。

近幾年來，我的生活重心又從舊金山移回台北，先是出任新聞局國際處長，負責國家的對外文宣工作，後又「跳槽」文建會服務，儘管公務繁忙，我與歐大師仍時常小聚，對他在藝術的道路上不斷創造高峰，儼然已成為畫壇一代宗師之成就，知之甚詳。

中國的文人畫，從唐代「詩中有畫，畫中有詩」的王維，到北宋的蘇東坡，元朝的黃公望、王叔明、倪雲林及吳仲圭，明朝的吳門四家，以迄董其昌、清初四僧、揚州八怪等，代有才人，各擅勝場，而時至今日，兩岸水墨畫壇呈多元化蓬勃發展，文人畫一詞雖已不甚流行，而文人的情懷、文人的風骨、文人的襟抱與理想，又何嘗不是當今藝術家下筆落墨時所最欲表達者。就此角度而言，歐大師的畫作乃為當代的文人畫，下了最具典範的註腳。

看歐教授筆下的鍾馗，我們所心領神會到的，不僅是鍾馗凜然不屈的造型、嫉惡如仇的個性，也不僅是畫家對鍾馗身世、感情的詮釋，而且是歐氏自身人格的投影與反射。讀歐教授的《人跡板橋霜》，我們所感動的，不僅是冬日拂曉山村之淒美、勞人討生活的艱辛，更是歐氏悲天憫人的胸懷。觀歐大師的《一鳴天下白》，我們所看到的，不僅是德禽的英姿、風雨如晦，雞鳴不已的君子節操，而且也感染到一種「眾人獨醉，我獨醒」的孤高與寂寞。

當高柳蟬聲迎來「人間六月天」的仲夏，大家踏入國父紀念館的中山畫廊，徜徉於歐教授所構築的美學天地中時，我們仍得相信，中國文人的水墨世界，依然撐起了藝術領域的半邊天！

「文人相輕」的流風，是不可取的，
畫家若有「文人相重」的襟懷，
虛心傾聽「同行」的批評，
並承認其他畫家的造詣與成就，
才可能以生命熱情的餘勇，
不斷自我挑戰、自我突破，
最後甚至做到超越自己的時代，
成為未來藝壇的先驅。

超越巔峰

前些日子，有機會欣賞一部美國人拍的教育短片《超越巔峰》，片長雖僅十二分鐘，卻讓我觀後思緒翻騰，深感獲益。

短片劇情約略如此：老祖父帶著孫女駕車返鄉，途中座車發生故障，勉強開至一鄰近牧場求援。正當老祖父跟牧場主人商量如何修車時，在牧場閒逛的小孫女興沖沖地跑過來，扯著老先生的衣服嚷道：「爺爺！爺爺！你快來看，那兒有一隻怪雞！」

小孫女牽拉著祖父的手，蹦蹦跳跳來到雞舍。老先生順著孫女所指的方向看去，著實嚇了一跳，原來孫女所說的怪雞，乃是一隻跟雞群「打成一片」，到處在地上奔跑啄食的老鷹。牧場主人見祖孫兩人流露出一臉詫異的神情，就解釋說：「牠從小跟雞養在一起，雖然有一個鷹的外形，不過，牠的內心早已自認為是隻雞了。」

老祖父對牧場主人的看法很不以為然，心想：「好歹我們也應該給鷹一個發現自我的機會。」於是他出價買下這隻「怪雞」，並和小孫女把鷹帶到曠野，對挺立在他手臂護套上的鷹溫言耳語道：「你是老鷹，展翅而飛吧！」說完即抖臂把鷹甩脫，但鷹卻不知所措的摔落於地。老祖父對孫女講，這也許是地勢不夠高的緣故，把鷹帶到更高處試試看。

一試再試，均告徒勞，但他們並不氣餒，繼續往高處嘗試，終於來到山巔，準備作最後的努力。當老先生再次抖臂喊出：「飛吧！飛吧！」老鷹驀地以一飛沖天之勢展翼，並在祖孫二人的歡呼聲中振翅翱翔於山林之間。

「怪雞」發現自我、超越自我的故事，可說是一則現代啟示錄，它強烈暗示了：人祇要有勇氣不斷自我挑戰，其潛力將像一泓源頭活水，永不乾涸。

除了故事外，這部短片觸動我心靈的，還有它雋永的說白，例如：「人生不會永遠處在下坡，重要的是不斷向上努力，因為每一分努力，都會拉近與目標的距離」、「除了你自己，別人不會知道你的真實潛力，最重要的是，你要看到別人所看不到的你自己。」這樣子的話語，使我不禁聯想起最近跟藝壇前輩傅狷夫先生的一段對話，以及我與傅老結緣的有趣經過。

八年多前，那時我還在國內工作，有一天跑到三重去看一個舊書店老闆蘇先生，目的是找詞學家鄭騫所收藏的書籍（鄭氏遽歸道山後，一生藏書未能捐贈大學圖書館或學術機構，未悉何故，後來竟流落坊間舊書店，蘇君也購得一部分，他把其中的善本書、絕版書都放在家中，不願輕易出讓）。蘇君很年輕，但也很有一點個性與義氣，遇到脾胃相投的顧客或真正的「愛書人」，不僅會自動減價，「阿沙力」起來，免費奉送也大有可能。

蘇老闆把一綑綑鄭騫先生的舊藏都搬出來讓我挑選，還頻頻在旁解說各書的特色，深怕我來日思之有「失之交臂」的遺憾。其實，也真給他料中了，後來我每回想起當時未傾囊購下那整批好書，還真有點悔恨交加。那次三重之行，可謂滿載而歸，而最意外的收穫，卻是一張未簽名落款的山水國畫。

我一看見蘇老闆所出示的這張無款畫作，毫不猶疑的，就猜是出自傅狷夫先生的手筆。蘇君表示，他個人亦有同感，但也有顧客持不同的看法，認為可能是傅氏學生的習作。聽他如此坦言相告，我又凝神細看一番後說：「你瞧！它的筆墨何等蒼勁老辣，絕非出自俗手。再說，山脈的皴法以及雲海的處理，在在顯示出道道地地傅氏的獨門功夫，別人搞不到這種程度的！」蘇老闆見我對此畫究由何人所作已有定見，就劍及履及地表明，我若真心喜歡這張無款之作，他願半價割愛，唯一的條件則是「貨物出門，概不退換」。我對自己的眼力尚有那麼一點兒信心，當然一口承諾，而皆大歡喜的銀貨兩訖。

彼時，我清楚傅狷夫先生早已移居舊金山，可是心中仍閃過一個念頭，將來若有緣面謁傅老，一定要把畫拿去請他過目，若是真蹟，還得麻煩他老人家大筆揮揮，費心題跋一下，讓此畫「認祖歸宗」。

天下事還真巧，購畫後沒幾個月，我驛馬星動，工作的地點竟由台北一下子移到了舊金山。生活入序之後，在友人茅承祖先生的引介安排之下，我見到心儀已久的國畫大師傅狷夫，而且我也不揣冒昧的，把那張無款畫帶去「獻寶」。不消說，傅老一眼就瞧出自己的筆墨，但似乎已不太記得此畫何以「流出」而淪落天涯。這時他的心情極為複雜：面對舊作，一方面有「如逢故人」的喜悅，而另一方面也感傷自己心血結晶的曲折際遇。

既然已「驗明正身」，傅老慨允補加題跋。數月後，我取回此畫，而畫上已多了傅氏的長題，其大意為：人與物之間的聚散離合，亦全憑緣分，我能擁有此畫，看似得之偶然，實則冥冥之中早有定數。其語氣似乎是欣慰中揉雜著幾分宿命的無奈。

傅大師去年摔了一跤，身體雖無大礙，而日常行動已稍受影響，故其獲頒「行政院文化獎」時，並未回國親領榮銜；今春，國立歷史博物館盛大舉辦傅氏九十回顧展，他亦未能返台主持揭幕，但觀賞其畫展的萬千觀眾，沿著傅氏藝術生命的軌跡，領略傅老在繪畫的領域不斷追求畫技與風格的突破，甚至在年屆八十之後，仍能以無比的勇氣，自我挑戰，一再超越已征服的藝術巔峰，如何能不對大師肅然起敬？

上月某晚，我利用去舊金山開會期間的空檔，驅車前往傅府探望大師，欣見傅老精神矍鑠，談興仍健，一如往昔的藹藹神情，令人如沐春風，而最教我心折的，是其語重心長的連番慧語。

傅老談到個人從事藝術創作將近一甲子的奮鬥歷程時，他一連用了好幾個「很苦」

來形容自己一路行來的艱辛，所以，他並不是那麼鼓勵年輕人輕言投身藝術領域。他再三強調，恆心及毅力是藝術工作者必備的條件，而恆心、毅力不能僅掛在嘴邊說說而已，一定要化意願為力量，用具體行動表現出來。

傅大師當然不反對人們以習畫作為怡情悅性的生活調劑，但基本上，他認為藝術創作是極其嚴肅的事，一旦下定決心，就得無怨無悔的堅持下去。他甚至半開玩笑地說，真有決心的話，即使以筆者年過半百之身才開始學畫，亦不嫌遲，而這一句話可是今歲開春以來，最令我開心與心動的語言，因為它已勾勒出將來我退休後的願景。

臨告辭前，我們又談到台北回顧展的情形，傅老說，若非慮及身體的狀況，真該回去一趟，聽聽大家的指教。接著他又語帶感慨的表示：「文人相輕」的流風，是不可取的，畫家若有「文人相重」的襟懷，虛心傾聽「同行」的批評，並承認其他畫家的造詣與成就，才可能以生命熱情的餘勇，不斷自我挑戰、自我突破，最後甚至做到超越自己的時代，成為未來藝壇的先驅。

我在暮靄四合、星光初綻時離開傅宅，當車行在綿延數哩的「海灣大橋」上，我依稀看見遠遠岸邊，有一老鷹盤旋於冥冥天際，牠若隱若現的孤絕身影，頓時讓我腦海浮現起短片中的「怪雞」，以及美國作家李查·巴哈（Richard David Bach）在《天地一沙鷗》中說的：「海鷗望得最遠的，才能飛得最高」……。

人世間的是是非非、苦惱困惑，
似有其表象，
實係繫於個人一念之間，
而自己過往種種的成見與執著，
有若春蠶自縛，
自苦苦人，又是何等的愚昧！

人生「無法」

多年前，我在台北市和平東路、師大對面的一間畫廊，看到民國初年書畫家曾熙仿石溪所寫的一幅枯墨松石圖，以鐘鼎筆法入畫，蒼勁老辣，古意昂然，拜觀再三，確定此為曾氏晚年真蹟，但因其構圖稍嫌單調，遂舉棋不定，未認真問價。

事經月餘，某個華燈初上的週六傍晚，我再度光顧此間畫廊，適逢師大美術系教授、國畫大家鄭善禧老師亦在座，主人張君夫婦誠意拳拳，殷勤奉茶，又端出南部家鄉百年老店糕點饗客，彼此論古談今，臧否時政，甚感快慰平生。

鄭老師在國內藝術界以耿介率真著稱，教導學生一向強調術德兼修，不僅畫品要好，人品更不能落人於後。遇到不對盤的畫商或收藏家欲購其畫，鄭老師往往會不假辭色地加以謝絕，或給人家一個軟釘子碰，推說：「最近我手邊已沒什麼存畫了，過些時等我畫好一些東西，我們再談吧。」要不然就乾脆回以：「你還是去買其他人的畫好了！買我的作品，將來難保不讓你賠錢！」

這種將上門的買賣硬是推出去的行事風格，當然不免會開罪一些在商言商的「俗客」，但也讓鄭氏贏得更多人的喝采與敬重。

我亦早有意向鄭老師求畫，那夜大家談得投契，我見機不可失，就斗膽開口請教其有無近作。鄭老師是何等聰明絕頂之人，不用我直言，一眼即已看穿我內心的曲折。他有點答非所問地指著牆壁上那幅曾熙的中堂笑說：

「你仔細看看，這幅畫可是難得一見的寶貝！我想你一定曉得，曾農髯先生（曾氏，號農髯）是張大千磕過頭的老師，筆墨功夫了得，此畫為其六十四歲時的手筆，我瞧是千真萬確的東西，而且張老闆要價公道、合理，怎麼難入你的法眼呢？」

鄭老師品評古畫，一言九鼎，最令我折服，有其為此畫「背書」，我豈有不心動的道理，於是腦筋突然來了個急轉彎，順著話試探道：「老師，這棵松樹畫得很挺拔，給人一種既孤高，也孤單的感覺，畫面上缺乏了一點生趣，您要是肯給它添補上一兩隻小鳥什麼的，我願意馬上照價購藏！」

一句話激起鄭老師的豪情，大概他也有一點要照顧這家畫廊的意思，就要張老闆立即準備筆墨，撩起衣袖，慎重盤算了落筆經營的位置，一上一下的在松枝跟岩石上分別揮毫添加了一隻鳥雀，並在畫心右下角題跋道：「丁丑之夏鄭善禧補雙禽於上」，隨即取印落章，算是初步完工。

說是舉手之勞，但鄭老師神情恭敬嚴肅，顯示對前人筆墨之尊重。他讓老闆娘將畫重新掛好，退後數步凝神打量，再度提筆略加修潤，最後又補上「一九九七年七月二日、民國八十六年」等字，年款中竟是干支、西曆、建國紀年三者兼備，足見此舉非比尋常，老師雖慨允補筆，而其態度卻是無比慎重。

這幅淪落天涯、等待知音結緣的舊畫，一經妙手稍事點染，原本略顯孤絕的氛圍頓時一掃而空，取而代之的是一種天機活潑、物我交融的氣象，特別是鄭老師所補繪的兩隻鳥雀，情態栩栩，像是在松林裡啁啾對語，說晚風消息。

我信守承諾，滿心歡喜地將畫買下，掛在書房裡朝夕賞玩，好不得意。過了個把月，有一天我又到張老闆那兒飲茶，聊得正開心，鄭老師推門而入，瞧見我劈頭就大聲嚷嚷道：「我真個是鬼迷心竅，被你閣下隨便講講，竟做出如此糊塗造次的事！」

他見我面露茫然之色，又歉然地解釋：「我不是怪你，而是怪我自己！那天，回家以後，我越想越懊惱，簡直自責到無法安眠的地步，你要知道，隨便在前人的畫作上添筆加墨，這叫做佛頭著糞，應該被拖到市場剁手的！」鄭老師邊說還邊比劃出砍殺的動作，狀甚認真。

我看鄭老師手腳比劃得生動，想笑又強忍住笑，就安慰他說：「當前處處講究創意，像這樣子的合作畫，可謂珠聯璧合，獨步古今，必將成為一段藝林佳話。」為了緩解氣氛，我更提起西班牙超現實主義藝術大師達利（Salvador Dali, 1904-1989）的兩則故事，逗得鄭老師忍俊不止，展露歡顏。

達利是二十世紀藝壇奇才，無論是其探索人類潛意識意象的畫作，或其狂妄偏執的言談謦欬，往往讓人為之「絕倒」。有一次，達利的朋友想考驗其反應能力，問道：「有位希臘作家說過，如果馬德里的普拉多美術館（The Prado Museum）失火，他會去搶救火焰，而不是搶救名畫。你的看法如何？你能想出更具創意的答案嗎？」

問者以為此一「大哉問」就足以難倒對方了，沒料到達利竟老神在在地回說：「我不搶救火燄，我會去搶救空氣！」

又如，在某次訪問中，達利被問到：「如果你被強逼著，必須在自己二十多年來的作品上，全部簽上畢卡索的名字。你會做何感想？」

達利答覆得很妙，他說：「那將又是一個超級達利式的舉動！」

我當然無意鼓吹鄭老師去效法達利的玩世不恭，但對這位超現實藝術大師舉手投足間處處所顯示的幽默與創意，仍然有仰之彌高、望塵莫及的欽佩。與達利相較，鄭老師一時興起，在前輩畫作上「添枝加葉」之舉，只能算是小巫見大巫，豈容冠以任何莫須有的罪名！

此後數年間，我亦曾多次在各種藝文場合邂逅鄭老師，未見其重提舊事。原以為「事如春夢了無痕」，老師已不再將此一插曲擺在心上，孰知月前某週末我到同一畫廊小坐，猛然瞧見牆上掛著一幅清末方外畫家蓮溪所寫的墨竹，逸筆草草，卻將竹葉搖曳生姿的韻味，表現得淋漓盡致。

畫上還有一對「似曾相識」的小鳥，心中頓生疑惑，口裡還自言著「不會吧」，一雙睜大的雙眼已瞄到鄭老師的題跋：「善禧添雙禽，公曆二〇〇二年夏，附筆古人，異代同趣也。」

張老闆見我一頭霧水的樣子，笑著解釋道：「這張畫已是鄭老師的東西了，他補畫了小鳥上去，後來又後悔得要命，發誓說這絕對是今生今世最後一次補筆。你唸唸畫邊上他寫的悔過書，就知他有多在乎這件事了！」

果不其然，鄭老師以楷體工工整整地寫著：「古畫實不宜於圖上添景或亂加題寫，以保存原真。余收得此件，愛其筆法精鍊，一時興發，為之補筆，以為增加趣味。久而思之，何狂妄也，蓮溪上人豈曾允我合作？……前此遇畫，動即妄為，深引愧悔」云云，字字燭照肺腑，其「重蹈覆轍」的深切追悔，溢於言表。觸景生情，想到那幅曾農髯先生的松石圖，我對自己當時慫恿鄭老師補筆的莽撞行為，亦不禁有幾分難以釋懷的悔意了。

上週，應日本「交流協會」之邀赴東瀛訪問，在一個春雨綿綿的夜晚，我與數位縣市文化首長走訪京都名剎高台寺，當淅淅瀝瀝的雨聲迴盪在寂靜、寒意侵人的禪房，身為一代高僧的寺院主持，以「人生無法」一語，開釋生命的道路並無一定法則，點化我們這群遠道而來的訪客，當下讓我感動得五體投地，也豁然醒悟到，人世間的是是非非、苦惱困惑，似有其表象，實係繫於個人一念之間，而自己過往種種的成見與執著，有若春蠶自縛，自苦苦人，又是何等的愚昧！

在返回旅館途中，腦海中一直縈繞著高台寺主持的話語。人生無法，人生無法，而藝術呢？藝術亦當無法，不知鄭老師以為然否？

席德進一生在感情上漂泊，
無數次的悲歡離合，讓他嘗盡生命的孤寂。
他的才情高，下筆準確，技法獨到，
作品畫面唯美而深刻。
就我而言，
讀他的水彩好似讀英國作家王爾德的小說，
總讓人在興起一片浪漫的情懷後，
感受到作者在天地劇場裡所扮演的悲劇角色。

老師的朋友

朋友打電話來說，最近切進來一批「自立叢書」，內中不乏文史哲的絕版書籍，已將清單寄來，囑我從速訂購，以免失之交臂。對友人的好意，自是十分心領，但一想到多年來貪多務得、細大不捐的購進，家中、辦公室早有書淹腳目、為患甚烈之苦，興奮之情不由得打消不少。

書單到手，逐類細讀，赫然發現耳聞多時、尋覓無門的謝里法教授早年散文集《我的畫家朋友們》，竟在其中。欣喜之餘，趕緊電告謝老師此一佳音。果如所料，謝老師手中已無存貨，要我代為探詢，可否將餘書全部購下。物流中心的朋友表示，盤點該書，發現尚存一百三十多冊，既是原作者採購，願以對折優待，每本實收台幣九十元。

謝老師做人一向周到多禮，想到我具公務員身分，不宜涉及商業往來，乃另託友人完成交易。事成之後，來電再三致意，並承諾寄贈簽名本予筆者及修過其課的其他十九位同班同學，由我負責轉致。

老師屬於「言必信，行必果」之輩，數週後，果然收到他從台中寄來的包裹。迫不及待拆開，找出老師簽給我的那一本，興味昂然地一口氣捧讀至中宵，被那親切質樸、宛若跟知友談心般的文字，深深吸引。

我這一生很幸運，遇到過多位道德、學問、文章在在令人折服的師長，而謝里法老師渾身散發著中年藝術家的浪漫氣質，舉手投足間處處流露著毫不矯飾的誠懇，可說是另一種身教、言教的典型。

謝老師被公認是研究台灣美術發展史的權威，上課從不帶教科書或講義什麼的，頂多是帶一張寫得密密麻麻的紙，上面有他預想的講課內容，隨時拿在手上，像看「小抄」一般瞄上幾眼。講得興起，每每欲罷不能，對下課鈴聲置若罔聞，必須同學齊聲提醒，他才勉為其難地暫時打住。

許多台灣前輩藝術家，謝老師都曾追隨過，對這些仰之彌高的藝壇大師，有近距離第一手的觀察，談到這些前輩在藝術上的執著，他總不免流露出濃深的敬意。看得出來，他對廖繼春老師，更存在一份刻骨銘心的師生情誼。至於「東方畫會」、「五月畫會」那一幫代表著台灣現代藝術先行者的畫家，不少是和謝老師一起在藝術領域打拚的難兄難弟，聊起他們，常有客觀直率的描繪。

為了讓學生體會台灣早期藝術家的生活氛圍，以及多少沾染幾分文人氣質，謝里法老師甚至帶我們去位於日據時代大稻埕的「波麗路餐廳」聚會。該餐廳開張於一九三四年，至今已有超過一甲子的歷史，當年可是北部地區數一數二的西餐館，向以裝潢格調典雅、音響設備一流出名，不少本土畫家及騷人墨客都喜歡在那兒雅聚，據說，多少年來，也一直是媒人安排青年男女相親的地方，成就過無數良緣美眷。

在謝老師情商下，餐廳經理滿臉堆著笑容過來打招呼，殷勤介紹餐館的歷史及餐點特色，並一一回答同學們五花八門的提問，此外，還特地為大家播放了法國印象派作曲家拉威爾（Maurice Ravel, 1875-1937）創作於一九二八年的民間舞蹈風格舞曲〈波麗路〉（Bolero）。此曲可說是餐廳的招牌曲，店名由此而來，也略可見出餐廳主人不凡的音樂素養。

謝里法老師在《我的畫家朋友們》一書中，對波麗路餐廳並未多所著墨，但感覺上，其筆下所點到的藝壇人物，過去可能都是那兒的常客，因為他們的特立獨行也跟那家餐廳一樣，展現著幾許藝術家的浪漫與執著。

書中提到謝老師在電影圖書館碰見水彩畫家席德進，獲知席德進不久前看過一部動人心弦的好片，說有個女孩離家出走，路上認識一個男人，發生一夜情後就分道揚鑣。後來又邂逅另一個男人，也是同樣的結果，以後屢屢重演此事，都是合了就分。故事讓席德進萬分感動，卻讓老師一頭霧水，不知這樣的劇情究竟有何值得感動，因而體悟到「藝術家內心的感動，往往自己賦予的成分多於作品給予的，但若問他到底賦予了些什麼，恐怕連他自己也說不清楚。」

席德進一生在感情上漂泊，無數次的悲歡離合，讓他嘗盡生命的孤寂。他的才情高，下筆準確，技法獨到，作品畫面唯美而深刻。就我而言，讀他的水彩好似讀英國作家王爾德的小說，總讓人在興起一片浪漫的情懷後，感受到作者在天地劇場裡所扮演的悲劇角色。

謝老師記述朋友，常能以小見大，在一般人很少會注意到的細節上，留下他言人所不能言的人生觀照。例如，他講到老友、五〇年代「東方畫會」創始人之一的夏陽，說他雖名為「夏天的太陽」，卻老是給人一種灰灰暗暗的感覺。有一次，一位女作家來看夏陽，緊握其手不放，上上下下好好打量了一番，開口問道：「衣服都這麼舊了，怎麼還穿在身上？」夏陽聽後露出一副無奈的神色說：「這件衣服是我昨天才新買的啊！」女作家為之啞然。

古老的東方承載了幾千年的歷史、文化包袱，民族的容顏及形象早已定型。這也就是為什麼老師會說，東方人永遠給人一種古樸的感覺，即使取名為「夏陽」，也不能改變什麼！

身為著名的藝術評論家，識與不識者買畫，常拜託老師推薦。而老師在書中提到，他第一個要推薦的，就是旅居美東的國畫家陳瑞康。人家問，何以推薦此君，老師的答案是，因為他是小名家。若續問，何以小名家的畫就該買，答案是，陳瑞康是好的小名家。若再追問，好的小名家與大名家的區別，老師會說，好的小名家只差未成名，成了名就是大名家。

確實不錯，購藏藝術作品，就投資的角度而言，有點像買賣股票，講究的是眼光銳利，先知先覺，也就是要在藝術家未成大名、作品價位相對低檔時買進。當然，老師向人推薦陳瑞康，不僅是因為彼此有數十年的交情，對老友寄以厚望，更是因為陳瑞康浸淫藝術半世紀，在傳統水墨世界始終中流砥柱，堅持不怠，成就可觀。

在謝里法老師這本書中，除了記述他許多畫友及師大美術系同學的故事外，也談到多位亦師亦友的前輩畫家。例如，說到郭雪湖一生別無旁騖，只做專業畫家，是受到日本來台教畫的恩師鄉原古統的影響。古統一九三六年退休返日，臨別贈言中以己為例，諄諄勸勉說，既然立志做畫家，就不該從事教職，良以人生精力、時間均極有限，兩者頗難兼顧。他回顧此生，在藝術創作的崗位上，顯已失敗，盼學生以其為殷鑑，切莫重蹈覆轍。

事隔七十載，儘管鄉原古統也早已於一九六五年謝世，讀到當時他對台灣學生所說的這番語重心長之言，依然讓我這個「局外人」有暮鼓晨鐘之感。

書中所提到的另一位女畫家孫多慈教授，是師大美術系的名師，當年我讀了《蔣碧薇回憶錄》後，才對她與徐悲鴻有緣無分的一段感情，略知一二。謝老師在書中提及，孫多慈教畫，最強調感覺，要求學生一定要憑感覺來作畫。她不避人言，常用徐悲鴻的話來勉勵學生，說：「每當人在窮困的時候，感覺總是敏銳的。」看來，對學藝術的人而言，有時窮困竟也是一種不可或缺的創作資產！

其實，謝老師的畫家朋友中，始終安於貧困，不改其志的，大有人在，紐約的陳昭宏就是其一。書中引述陳氏常掛在嘴邊的話曰：「畫畫是自己甘願的，這一生不該有所怨言」，生動刻劃出一個職業畫家的信念與堅持。

謝里法老師回憶，有一天晚上，他從陳昭宏的畫室出來，步行回家，腦海中突然浮現出一個問題：「什麼是畫家？」不用多所思索，他自己馬上就給了答案：「凡是在作畫時才快樂的人，便是畫家。」依此定義，當畫家的門檻看似不高，但學藝術的，捫心自問，不知是否每個人都真能跨得過呢？

謝老師贈書予朋友或學生，也許只是留念性質，未見得期望人人都愛不釋手，句句拜讀。不過，他應相信，這次他向山谷中投下的那顆石子，有那不盡的回聲！

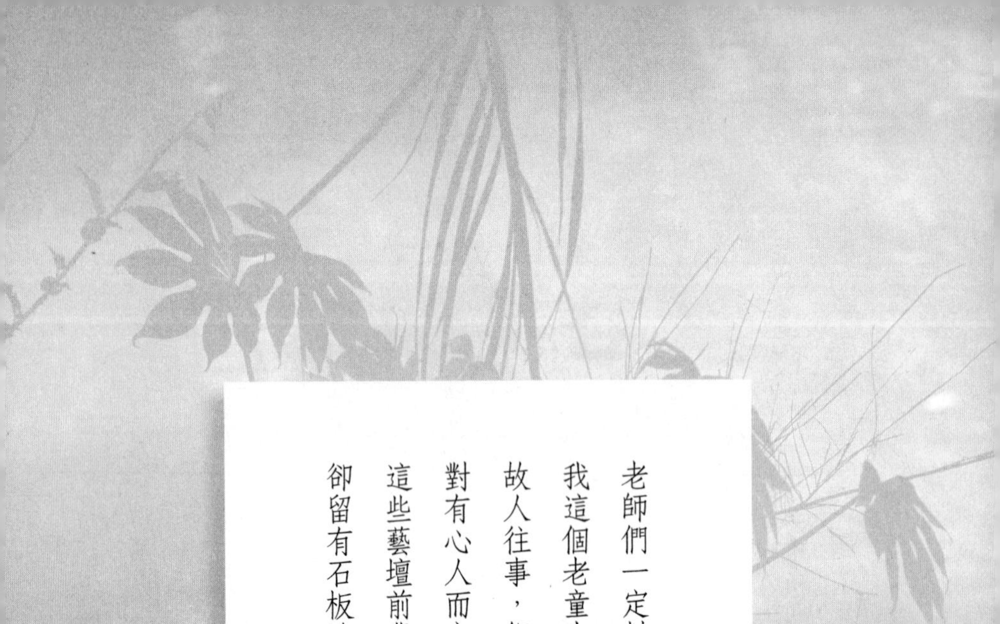

老師們一定料想不到，

我這個老童生竟能將他們有意無意間所透露的

故人往事，鉅細靡遺地全部烙印心版。

對有心人而言，

這些藝壇前輩，人雖遠去，

卻留有石板路上的青痕，供人深深追念。

我是來聽故事的

年過半百之後，我又洗盡鉛華似的，回到學校做一名老學生。常有人好奇的問我：「你先後擔任過中央部會數個部門的主管，年輕時也曾到美國留學獲得碩士學位，為何現在還要跨領域去念師大美術研究所？」

我的標準答案是：「這沒有什麼嘛！所謂活到老，學到老，充其量只是實踐終身學習的理念罷了！」不過，有時童心未泯起來，我會半開玩笑半認真地答說：「我重做學生的目的不是上課、學東西，而是來聽故事的！」

我一向服膺童話作家安徒生所說的：「生命本身就是最美妙的童話故事」（Life itself is the most wonderful fairytale.）。重入校門後，從多位師長那裡獲得吉光片羽的感悟，讓安氏這句名言得到了更進一步的驗證。

研一時，修了一門有關「網際網路與美術教育」的課程，幾堂下來，同學如墜五里霧中，對此一新興學門摸不到半點頭緒，著急與懊惱浮現在每個人的臉上。教課的林達隆教授看在眼裡，就安慰我們說，既然來上課，就要想法子找到學習的樂趣，切莫因一時體會不到要領而心灰意冷。

林老師很懂得鼓舞我們這群在職的學生，特別提起，當年他負笈巴黎，在索爾本大學註冊後，第一次上課，全神貫注到眼睛直直盯著法國老教授與黑板，可是，一堂課聽下來，竟然連一句話都沒聽懂，彷彿在剎那間，他得了失憶症，將學了多年的法文忘得一乾二淨，這下子可把他嚇得魂飛魄散，冷汗涔涔。林老師強調：「與當時的我相較，諸位不管懂不懂得運用網際網路，都該深自慶幸，因為，至少你們還聽得懂老師所講的話！」

三言兩語就能重振士氣，使同學大感寬心，真不愧是杏壇良師。記得，有一回上林老師的課，論及美術教育的重要性，有同學表示，繪畫乃世界語言，一筆在手，就能周遊列國，暢行無阻。舉個例來說，學畫的人到國外旅行，在餐館點烤雞腿時，不必講外語，只要畫一隻雞腿，再畫一團火就行了。

另一位同學覺得此話講得未免過頭了，隨即舉手發言說，她認識一位著名的國畫家，去西班牙旅遊，言語不通，餐廳點菜時就在紙巾上畫了一隻雞腿，也畫了火，侍者看了頷首微笑，一副心領神會的樣子，結果卻送來一客冰淇淋，原來他把畫家所畫的雞腿，看成了冰淇淋，而所畫的火，被認為是客人嫌天氣太熱！

信口道來前述插曲，可以看出林老師上課之愉快氣氛。同樣讓大家有如沐春風之感的，還有留著鬍鬚，言談舉止之間不時散發著藝術家風采的李焜培老師。李師原為香港僑生，雖在台灣定居數十年，口音中還帶著幾許廣東腔。他教我們「水彩研究」，多方提示：畫水彩下筆不能有太重的得失心，畫得好不好，並不重要，要緊的是，心情須放輕鬆，如此方能享受一筆在手、任君揮灑的作畫樂趣。

焜培師是早已看破名韁利鎖的性情中人，不少得心應手之作，都被師母收入私囊，不輕易示人。老師說，有一次開畫展，某位收藏家看中好幾幅作品，又對一張以古羅馬競技場為主題的寫生之作，深表讚賞，欲一併購藏。老師向對方婉轉解釋，此畫貼了紅點，表示已名花有主；其實，也並非有人捷足先登，而是被師母相中，決定自行保留。

過了一星期，那位收藏家攜一家妻小，登門造訪，對李師與師母一再動之以情，誘之以利，磨了半天，仍未能如願。老師後來又開畫展，對方不再到場，顯然心存芥蒂，尚未釋懷。

我們問老師何以不肯高價割愛，賣掉之後，同樣的主題不是可以再畫？得到的答案是：「錢可以再賺，但這張畫的味道再也難以畫出，而最重要的是，逝去的繪畫心情，一去不返，永難復得！」

在諸多師長中，最會講故事的，要數浸淫台灣美術史數十春秋的謝里法教授。謝老師出生於日據時代台北首善之區大稻埕，從小就在洋溢著茶香、中藥香、木材香的市街中討生活，又是師大美術系科班出身，對台灣前輩畫家的畫藝與行誼，始終有著鄉土血脈相連的關注。

言談之間可以感受出，謝老師極推崇前輩油畫家廖繼春，曾親炙廖氏習畫。他說，廖老師平易近人，對學生很客氣，經常稱學生為某某先生，而學生在背後談到他，反倒一聲聲「廖繼春」的直呼其名。廖老師上課時，台語、日語、國語三語發音，溝通生動，稱自己的太太為表妹，據說，這只不過是夫妻間營造浪漫的稱法，其實兩人並無親戚關係。

那個時代，師生關係親厚，學生常到廖老師家請益或打牙祭，廖師母每每以調侃的口吻說：「你們廖老師沒有用啦，中國人不畫中國畫，只會畫西洋畫！」甚至會說：「從古到今，只有狀元學生，沒有狀元老師，你們廖老師不行啦！」有一次同事孫多慈老師在場看不過去，忍不住出言為廖師辯護道：「師母不能這樣講，廖老師比我們強太多了！」廖師母聽後，臉色稍霽，笑說：「真是這樣子啊，那就好！那就好！」

謝里法老師受教於水彩畫大師馬白水先生。他說，馬老師一向最崇拜他的兩位「本家」——馬諦斯與馬克斯，動輒就說「我馬大哥」如何如何。馬老師教水彩有口訣，諸如：「水彩水彩，有水有彩，由上而下，由左而右……」他不准學生畫畫使用黑、白兩色，不過，後來他自己卻以黑色入畫，也可算是自我的一種突破。有位女學生曾問馬氏究竟是廖繼春畫得好，還是李石樵畫得好？他未正面回答，卻反將一軍問道：「妳倒說說看，究竟是茶壺有用呢？還是茶杯有用呢？」回應得十分技巧。

畫水彩，必須寫生。有一回，馬白水跑到府前廣場的一角偷偷速寫總統府，還是被人發現，衝上來三個凶巴巴的憲兵，大聲喝斥道：「你在幹嘛？這兒不准畫畫！」「我把它撕掉總可以了吧？」馬氏力持鎮靜地答說。

老學生認真上課的神情。

「不行！難道你想銷毀證據？」憲兵不依。

「那麼，我該怎麼辦呢？」馬白水簡直不知該如何是好。

「馬上給我收起來，走人！」憲兵看他是文弱書生，姑且網開一面。

謝老師說這個故事，是在提醒我們要體認民主、自由的可貴，否則，一旦回到從前，就連想素描一下總統府，也是一種奢望。

昔日師大美術系教席陣容中，令謝里法老師印象深刻的，女畫家袁樞真也是其中之一。他記得，有一回袁老師開畫展，展品竟被訂購一空，訂畫的紅條子滿場飛揚，不少畫還重複被人預訂，最熱門的一幅畫，重訂了有七張之多。畫展結束，袁老師把人家預訂的畫趕工交差後，從此絕口不提那次畫展，終其一生，她很少再開展覽。

原來，畫展表面上的成功，對袁老師打擊很大，因為她發現，訂畫者，大多數是衝著她位居要津的丈夫而來，人情的成分居多，而她是一位自省力很強的藝術家，不願意接受浪得的虛名，此種泱泱風範，實在值得我們後生晚輩敬重。

上課聽來的有趣故事，當不止於此，限於篇幅，無法盡述。老師們一定料想不到，我這個老童生竟能將他們有意無意間所透露的故人往事，鉅細靡遺地全部烙印心版。對有心人而言，這些藝壇前輩，人雖遠去，卻留有石板路上的青痕，供人深深追念。

說真的，上課時我常覺得好像時光倒流，自己又回到小時候居住的眷村，在無數個涼風習習、滿天星斗的夏夜，搬來小板凳，和一群玩伴邊乘涼邊聆聽大人擺龍門陣……。

散席時阿三對我說，回首浮生，前歡已墜，
苦多於甘，但一路行來所遭遇的諸多曲折故事，
往往就成為他從事藝術創作的靈感泉源，
因為，感人的故事，
尤其是那些親身經歷的真人實事，
有如深夜漏落人間的鐘聲，
讓人在悲涼、孤寂的漫漫長夜，
領受到幾許人世的安慰與溫馨。

鐘聲漏落到人間

白居易的千古絕唱〈琵琶行〉，以六百一十六言，為一位身世淒零、備嚐人海漂泊的歌女，作了沉痛哀怨的控訴，也為白氏自身懷才不遇、坎坷多舛的宦途，吶喊出內心深處的不平。詩中有不少人們耳熟能詳的經典名句，如「千呼萬喚始出來，猶抱琵琶半遮面」、「別有幽愁暗恨生，此時無聲勝有聲」、「同是天涯淪落人，相逢何必曾相識」等，而其中最得我心者，卻是「夜深忽夢少年事，夢啼妝淚紅欄杆」，不為別的，祇因其一語道破了無情歲月所帶來的生命轉折及無奈，與蔣捷的「中年聽雨客舟中，江闊雲低斷雁叫西風」，同樣讓人心有戚戚，慨嘆人生無可避免的宿命。

人過不惑之年，對世情冷暖、江湖險惡，領教深刻，而閱歷愈豐，感慨益深，比年輕時似乎更易觸景傷情。近幾年來，個人在觀賞電影、電視影片時，碰到觸動心弦、感人肺腑的地方，心緒不免有所起伏，甚至激動到熱淚盈眶、淚濕衣衫而不自覺。

週前，偶然在電視上看到中壯輩藝術家吳炫三先生接受訪問，談到當年在紐約打拚的奮鬥歲月，直承為了生活，一度以開計程車餬口，遇見不少妙人妙事，而最令人噴飯的是，有一晚深夜他載到一對情侶，上了車丟給他一張美金百元大鈔，要他把後視鏡移開，而且也不准他回頭亂瞄，當下就在後座火辣辣的親熱起來。吳炫三幾次問他們究竟要去哪兒，對方都回說祇管往前直直開就行了。就這樣，在紐約大街小巷瞎轉到天亮，好不容易才把一百美金賺到手，也算是一件畢生難忘的奇遇。

吳炫三的英文名字是A-Sun Wu，取其易唸好記，朋友們在背後常暱稱其「阿三」。他是國內第一位遠征非洲蒐集創作材料的本土畫家，二十多年前，我在駐南非新聞參事處工作時，適逢其到訪，有過數面之緣，但並無機會深談。前兩年，有一次幾位藝文界朋友餐敘，吳君亦是貴賓，聊起他的非洲經驗，舉座無不動容。

吳炫三說，他深入非洲黑暗大陸的故事，三天三夜也簡報不盡，其中當不乏九死一生的驚險場面，但有兩件事，曾為他的蠻荒之旅留下生命的烙印。

一九八五年間，吳炫三夫婦偕一位台灣攝影家，雲遊到西非的馬利（Mali），憑藉著一輛租來的吉普車，橫越撒哈拉沙漠區，孤寂加上水土不服，使一行三人思鄉心切，逢人就問哪裡有中國菜可以解饞。

就在一處加油站歇腳時，探聽到不遠的村莊有一家中國人掌廚的小飯館。三人喜出望外，立即飛車前往尋找，但車子在鄉間泥路上兜了好半天，任憑六隻眼睛骨碌碌地睜得如何大，依然不見餐館的蹤影。他們不死心，就又折回加油站問個明白，原來所謂的中國飯館，外頭並無任何醒目標幟，主人僅在門上掛了一個極不起眼的小木牌，一副祇招待熟客的樣子。

推開虛掩的木門，一位年靠三十、滿臉堆笑的中國女郎迎了出來，招呼遠客落座。三人饑腸轆轆，急切地索取菜單，欲大快朵頤。女郎用道地的京片子笑著回說：「我們這兒哪用得上什麼菜單？平常要是有客上門，都是跟著我們家吃，有什麼就吃什麼！」吳炫三聽後有點錯愕，但轉念一想，身處非洲內地，中國菜材料奇缺，今能有此際遇已屬難得，權且將就一餐再說。

女郎的廚藝不惡，幾道家常菜做得有模有樣，三人讚不絕口。吳炫三飯後見天色已晚，本欲結賬上路，女郎不肯收錢，再三挽留說，已經很久沒見到任何中國人了，希望他們多聊一聊，最好能留下過夜，以慰鄉愁。她坦言本是上海籃球隊員，與馬利來的外國交換學生結識、相愛成婚後，申請隨夫返國，落腳在離家千萬里之遙的非洲大陸，異鄉寂寞難熬，常有悔不當初之感。

三人為女郎的真誠所感動，也受「本是同根生」的心理因素影響，勉為其難的同意留宿。室內蚊蠅頗多，晚上不掛帳子難以成眠。女郎要吳太太與她同榻，另分配給畫家一個掛好蚊帳的床鋪。吳炫三隱約瞧出那張床上躺著一個中國男子，臉上立時顯現出一副遲疑不解的神情，女郎不好意思的說：「那位是家兄，他專程從家鄉出來看我，這幾天正害瘧疾，時而發冷發熱，已先睡下！」畫家怎敢與瘧疾病人同榻而眠，寧願與同伴用扎了小洞的袋子套在頭上防蚊，蜷曲在吉普車上打盹，半睡半醒地勉強撐到了天亮，而翌日揮別時女郎欲語凝噎，淚眼如泣如訴的一幕，吳炫三每一憶及，仍有不忍。

看過電影《遠離非洲》（*Out of Africa*）的人，對那片榛狉未啟、蠻荒大地的呼喚，難免會產生一種無以名之的感動，甚至體認到，原來在根源上、在內心的最深處，人類與原始大自然竟能默然相通。就畫家吳炫三的情形來說，他對非洲的一往情深，還糾結著一種「血濃於水」的人際因緣，上海姑娘的故事是一例，而另一例則更為感人。

話說那年吳炫三行腳到埃及，在當地的「北京飯店」遇到一個十五、六歲的中國男孩在店裡打工。吳炫三瞧他國語講得很溜，手腳俐落勤快，就請他權充嚮導，幾天下來，大家處得像一家人一樣。有一天，男孩對吳炫三說，其母想邀畫家一行到家裡吃頓晚飯，互相認識一下。畫家了解海外華人的思鄉情緒，雖稍覺唐突，仍舊欣然赴約。

晚餐之豐盛，不在話下。酒足飯飽之後，男孩的母親拿出一張舊照片傳觀，說那是她在兩歲時跟爸爸的合影。彼時，父女已失散三十多年，音訊杳然，其間她亦曾數度在香港報紙刊登尋人啟事，皆無下文。她從男孩口中知道，吳炫三是台灣頂頂有名的大畫家，各方人脈甚廣，若能登高一呼，出面代為尋人，或許會有佳音。

吳炫三為人俠義，不經思索，就一口應承。回台後，他找到某日報專跑藝文新聞的記者，把此事的來龍去脈說了一遍，第二天一則「天涯孤女、海外尋父」的故事就傳遍大街小巷。原來，故事中的父親是遠洋輪船上的廚師，早已出海，但好心的鄰居看見報導，一早就走告他再婚的太太，經報社查證後代為拍發電報通知，此人在輪船靠岸後立即搭機回國。在報社的安排下，吳炫三分享了這對失散父女長途電話相認的悲喜，最後，當話筒遞到他手中，他聽到遠在開羅那端傳來哽咽激動的聲音：「吳先生，您真是我的大恩人，我這一輩子真不曉得如何才能報答您的大恩大德！現在，雖然我無法當面向您磕頭致謝，但您可知道，此刻我可是雙膝跪著跟您說話呢！」

一句「我可是雙膝跪著跟您說話」，讓畫家的淚水立時奪眶而出，甚至在事隔這麼久後，吳炫三在餐館裡對我們談到當時電話對談的情形，眼角仍不禁浮泛著淚光，而一桌客人聽故事聽得入迷，受到感染，竟然也都跟著紅了眼眶。

散席時阿三對我說，回首浮生，前歡已墜，苦多於甘，但一路行來所遭遇的諸多曲折故事，往往就成為他從事藝術創作的靈感泉源，因為，感人的故事，尤其是那些親身經歷的真人實事，有如深夜漏落人間的鐘聲，讓人在悲涼、孤寂的漫漫長夜，領受到幾許人世的安慰與溫馨。

感人的故事，有如深夜漏落人間的鐘聲，讓人在悲涼、孤寂的漫漫長夜，
領受到幾許人世的安慰與溫馨。

梁君午教授在藝術浩瀚的大海中，
風雨征程，終於找到了人生的救贖，
他當知道，
西班牙浪漫主義畫派的先驅戈雅曾如此說：
「繪畫這件事，就是一顆心告訴另一顆心，
他在哪兒找到了救贖。」

梁君午的藝海奇航

梁君午教授是名滿歐洲的重量級畫家，也是海峽兩岸藝壇的翹楚，他在人物油畫創作領域的造詣與成就，聲名遠播，有口皆碑。平心而言，在現今華人藝術家中，能在此方面與其比肩，或相提並論者，實亦屈指可數。

人盡皆知，梁教授早歲在偶然的機緣中，受知於經國先生，且在蔣氏一力贊助下負笈西班牙，考入馬德里「聖費南多皇家藝術學院」深造，五年習藝期間，日夜勤畫苦練，獲得多位名師啟迪，其中包括當代西班牙寫實主義大師洛佩茲（Antonio López）在內，成為洛氏及門弟子，盡得其真傳。

追憶過往在異鄉苦學的歲月，梁教授曾對人如此說：「我就像一張白紙，把自己交給了歐洲藝術學院。」然而，他之所以能在藝術殿堂不斷更上層樓，不僅是因為得力於校內名師的調教，以及個人勤奮堅毅的研習，而也在於他能走出校門與象牙塔，直如世界名著《天路歷程》中的主角，以朝聖之心，踏遍歐洲各國的博物館、美術館，默默追隨藝術大師的腳步與領航。

舉例而言，位於馬德里的普拉多美術館，是西班牙首屈一指的藝術寶庫，所收藏歐洲大師名繪之多，足以跟巴黎的羅浮宮、倫敦的大英博物館鼎足而立。

梁君午教授視該館為取經之寶地，數十年來駐足流連其間之頻率，難以計數。對於屬於普拉多鎮館之寶的戈雅（Goya）、提香（Titian）、委拉斯開茲（Velázquez）等等大師的代表作，無不研究深刻，隨時可以如數家珍的剖析入微。

在其精闢的開示下，你將如醍醐灌頂般，明瞭戈雅所繪《裸體的瑪哈》，是如何讓畫中主角的亮度，跟昏暗的背景，形成強烈的對比，以強化視覺的張力，並凸顯豐腴飽滿的女體身姿。你也會懂得，委拉斯開茲生平唯一裸體畫《鏡前的維納斯》，又是如何彰顯了十七世紀西班牙藝術家「人本精神」的覺醒，在女體的美感與女性的端莊兩端，取得了平衡，而使其相得益彰。

不言而喻，梁君午教授對前述大師傲世傑作的技法與表現方式，在內心裡早已千回百轉，融入其藝術生命的血脈之中，故能取精用宏，盡情宣洩於彩筆之下，無怪乎，本身即具有不凡藝術修養的西班牙國王卡洛斯一世，獨具慧眼，對來自台灣的梁教授特別青睞，進而禮聘梁氏為其畫像。而此一莫大之殊榮，至今仍是西班牙藝壇流傳不歇的佳話。

論者謂梁君午教授之畫技，所以能有如此仰之彌高的造詣，至少可歸納為如下數端：

一、梁氏除有精深的美學修養外，對東西方歷史、文學、音樂、哲學、神學等，均有深入之涉獵，因而其看似極度唯美的作品，亦在在具有深刻之精神內涵，使觀者不起情色之思，卻心靈深受觸動。

二、作品中的女主角，身姿無論是半裸或全裸，無論為背面或側面，梁氏皆能以收放自如的筆觸，與凝練飽和的色彩，呈現肌膚細膩微妙的變化，所欲追求的，除呈現天生麗質的女體之美外，亦得以表現所繪對象的情感與氣質。

三、梁氏擅於光影明暗的掌控，使其畫作每每營造出一種神祕深邃的氣氛，尤其是其部分畫作，係以「人物寫實、背景抽象」的手法來表現，乃使觀者不禁凝視再三，欲解開畫家的情感意圖，而戀戀難捨，深受感染。

要之，梁君午教授在藝術浩瀚的大海中，風雨征程，終於找到了人生的救贖，他當知道，西班牙浪漫主義畫派的先驅戈雅曾如此說：「繪畫這件事，就是一顆心告訴另一顆心，他在哪兒找到了救贖。」（The act of painting is about one heart telling another heart where he found salvation.）

就此而言，你我實應深深感念梁大師，他已以一生的苦修，透過出神入化的高超畫技，為我們指引出人生所應追求的目標與境界！

繪畫這件事，就是一顆心告訴另一顆心，他在哪兒找到了救贖。

龍在西方文化中，是邪惡的化身。
可是，不要說人間本有正邪兩股力道，
天使與魔鬼何嘗不是並存於世，甚至，
我們每個人又何嘗不是讓善念與惡念互生於身。
所以，德國哲學家尼采會一針見血的如此說：
「我們就是自身的龍，也是自身的英雄，
我們必須以自身救援自身。」

飛龍在天又一年

最近，台北松山文化創意園區正以「恐龍夢公園——海陸空總動員」為主題，舉行古生物特展。據報導，開幕以來，幾乎天天湧入大批人潮，無數成人或小孩為之大開眼界。他們踏入展場，宛如來到太古洪荒時代，親眼看到存在於三疊紀、侏羅紀、白堊紀的各類恐龍栩栩如生地出現在自己面前。

無可否認的，世人會對恐龍的演進及滅絕產生高度興趣，多少也得歸功於一九九三年美國天才導演史蒂芬史匹柏拍攝了《侏儸紀公園》，該片不僅席捲全球票房，且在舉世各地掀起了一波波恐龍話題。一時之間，許多凡夫俗子似乎都成了半個專家，對雷龍、劍龍、翼龍、暴龍、三角龍等家族龐大的古生物樣貌與特徵，都能如數家珍般說上幾句。

照理說，如果對恐龍這樣的話題，不少人都能略知一二，那麼，對屬於十二生肖之一，亦是中華傳統文化圖騰的龍，我們就應該更能講得頭頭是道了。然而，事實卻不盡然，原因是恐龍這類遠古生物，雖然從未與人類在相同或相近的時代共存過，但借助於世界各地陸續出土的化石，以及相關生物科學的研究，恐龍神祕的面紗已被層層揭開。

可是，龍這種生肖，作為傳說與神話中的主角，作為尊榮、高貴與權勢的象徵，作為民間信仰中善於騰雲駕霧、呼風喚雨的瑞獸，無人能真正證實其曾經存在。惟若說牠只是亙古以來人們虛構出來的東西，那麼，我們對古人想像力的豐富，就不得不肅然起敬了，而從其造型經過五、六千年歲月的演變，逐漸由簡單、樸拙轉變為繁複、雄偉，亦可顯現一個民族文化的嬗變與厚度。

古籍中提到「龍」這種神獸的，可謂不勝枚舉，引述不盡。不提別人，就連處於春秋末年的孔老夫子，也曾以龍來形容他所推崇備至的老子。西漢司馬遷作《史記》，在書中記載孔子拜見老子，請教為人處世之道，告辭回去，對跟隨在其身旁的學生，很是感慨了一番。

孔子是這樣說的：「鳥，我知道牠會飛；魚，我知道牠會游；獸，我知道牠會跑。

會跑的，可以用網去捕；會游的，可用線去釣；會飛的，可以用箭去射。至於龍，我就不知道該怎麼說牠了，牠會乘風駕雲遨遊於天地。我今天見到的老子，莫非就是龍了吧！」

想想看，連向來就不談「怪、力、亂、神」的孔老夫子，都未能免俗，而以「飛龍在天」來形容他所敬重的老子，就可見出龍這種俗謂「見首不見尾」的神聖動物，長久以來在人們心目中無可撼動的地位。

事實上，不要說古代，就是時至今日，科學昌明如此，龍在民俗活動或傳統建築中，仍扮演著舉足輕重的角色。舉例而言，我們在無數大大小小寺廟中，都可看到有精緻的石雕龍柱。就以彰化縣鹿港龍山寺來說，五門殿前就有一對花崗岩龍柱，雕工極為蒼勁有力，別具一種粗獷渾厚之美，堪稱是台灣寺廟龍柱的經典之作。

尤值一提的是，這對龍柱，一邊雕成升龍，龍身由下往上翻騰，龍頭在上，象徵著陽；另一邊雕成降龍，龍身隨雲臨降，龍頭朝下，象徵著陰。此種一上一下，一陰一陽的龍柱造型，代表了乾坤交泰、生生不息的好意頭。無怪乎不少善男信女，都會刻意在此拍照留念，以沾其祥瑞之氣，並期冥冥之中獲得神龍的垂顧庇佑。

總之，以龍為雕刻裝飾的題材，在傳統建築中極為普遍。不過，以龍為繪畫對象，在畫史上留名者，卻是屈指可數。台灣畫家中，已過世水墨大師林玉山是其中佼佼者，現在仍活躍於藝壇的鄭善禧，畫龍畫虎，工中帶拙，神態生動有趣，也是個中翹楚。

至於古代畫家中，畫龍最有名，也最傳奇的，應是魏晉南北朝時代的大畫家張僧繇。彼時，梁武帝好佛，每每令張僧繇為佛寺作壁畫，相傳他在金陵安樂寺內畫了四條龍，均未點睛。人們大惑不解，他就解釋說：「我若為龍點睛，龍就會飛走」，民眾不信，力勸其為龍補上眼睛。張僧繇不得已點了其中兩條龍的眼，這兩條龍立時破壁而出，騰雲駕霧飛上天去，未點睛的兩條龍依然在壁。此一傳說，也就是成語「畫龍點睛」的由來。

如今張僧繇為安樂寺所繪的龍畫，我們當然無緣得見，然而，鄭善禧教授為龍年所特製的版印年畫，我們卻有幸拜觀。

鄭氏這幅喜氣洋洋的寶繪，是以紅雲為底，在畫心繪出一隻騰雲駕霧、神彩飛揚的黃金色巨龍，四周並框以藍白的波濤浪花，象徵普天同慶、薄海歡騰之意。

畫心下方，鄭氏以寶藍鑲白之色落下「飛龍在天，國運益昌」八字，不但為畫中的巨龍做了有力的註解，而且也發揮了紅花綠葉的陪襯效果，使畫面顯得更為熱鬧與喜氣。

為了凸顯龍年的不凡地位，畫家更鄭重其事的在這張年畫中，同時以阿拉伯數字紀年「2012」、「民國一〇一年」、干支「壬辰」等三種不同紀年方式，落下了年款，使此一版印年畫的內容益加豐富，也增添了畫面的平衡與趣味，在構圖上，實在是一種極為巧妙的安排。

重要的是，透過大師級藝術家的匠心，這張應景年畫，揭示了神龍行雲布雨、普降甘霖的吉兆，但人們也都知道，在西方的世界中，龍象徵著邪惡的勢力，其意義與東方文化截然不同。

舉實例來說，十六世紀義大利畫家拉斐爾，是與達文西、米開朗基羅並稱「文藝復興三傑」的大藝術家，他所傳世的名作《聖喬治屠龍》，是人盡皆知的歐洲文化瑰寶，畫中拉斐爾用對角線的構圖，安排聖喬治跨騎在昂首向上騰躍的白馬，舉矛刺殺張牙舞爪的惡龍，成功的展現了主角生死搏鬥的英勇氣質與力度，把視覺焦點所形成的張力，發揮到極致。

總之，龍在西方文化中，是邪惡的化身。可是，不要說人間本有正邪兩股力道，天使與魔鬼何嘗不是並存於世，甚至，我們每個人又何嘗不是讓善念與惡念互生於身。所以，德國哲學家尼采會一針見血的如此說：「我們就是自身的龍，也是自身的英雄，我們必須以自身救援自身。」（We're our own dragons as well as our own heroes, and we have to rescue ourselves from ourselves.）

在新年伊始之際，面對龍年所召喚回來的文化記憶，我們除了祝願新歲一切順心如意，是不是也思索一下哲學大師尼采之言，也就是，以除惡務盡之心，讓自己多存善念，多行好事，多說好話。

鄭善禧教授為龍年特製的版印年畫。

喬治·戈登將軍一生戰功彪炳，功在國家。

英國政府欲賞其重金，卻被婉謝，

他只收下一枚鐫刻著他三十三次英勇戰役的金牌。

戈登去世之後，此枚金牌卻遍尋不著，後經調查發現，

他在死前曾囑咐部下將金牌熔成金塊變賣，

購買食物賑濟難民。

戈登並在日記中寫著：「我把世上最後，

也是最珍愛之物，獻給主耶穌基督了。」

黑門山路的過客

每一次到國外出差或觀光旅遊，回國在飛機上俯瞰桃園中正機場附近遍地的水塘及阡陌間的農舍，不由自主的常會想起美國作家柏恩斯（Carl Burns）說過的一段話：「農場的小孩看見飛機掠過頭頂，夢想著遙遠的地方。飛機上的旅客看見地上的農舍，夢想著家園。」（A child on a farm sees a plane fly by overhead and dreams of a faraway place. A traveler on the plane sees the farmhouse and dreams of home.）

鄉愁是遊子心中永不斷線的風箏，不管你行腳何處，它總是緊緊跟隨。就筆者來說，為稻粱謀，先後兩次派外工作，異鄉漂泊的日子，計逾十載，其間鄉愁之如影隨形，始終糾結於懷，個中情況一若李易安詞中所言：「此情無計可消除，才下眉頭，又上心頭。」

這些年來，國內政情詭譎多變，讓人目不暇給，心情調適困難。雖然華年似水，鄉愁不減，心境已大所不同，咀嚼加拿大女詩人華婷頓（Miriam Waddington, 1917-2004）的詩句：「我想家，打包行囊，歸心似箭，但此刻，我再也不知家在何方」（I am homesick. I am packing up. I am going home but now I don't know anymore where home is.），更讓人有一種天涯茫茫、鄉關何處之感。

最近因公隨團去了一趟中國大陸，接待我們的對口單位官員，知道我的祖籍是那風沙滾滾黃土高原上的山西省，臨別時特別送給我一本題為《老太原》的舊照片專輯，和一份新版的山西地圖，當下真讓我這樣一個一生都沒機會歸鄉、沒機會履足出生地的「山西人」，內心五味雜陳，悲喜相參。

在大陸參訪的十來天中，去了北京、上海、蘇州、杭州等大都市，所住五星級觀光飯店的設備與服務，與西方第一流旅館的水準相較，亦未遑多讓，然而，隱約中我總覺得似乎還是欠缺了什麼。幾經思索才想到，歐美許多旅館在書桌抽屜裡一定會周到地放一本《聖經》，讓風塵僕僕的房客雖在旅途中，也能得到性靈的洗滌與精神的安慰。

我從高中一年級起就開始在新生南路的聖家堂慕道，兩年後經加拿大籍的高神父口試通過，方得受洗。照理說，我應該是一個宗教情懷很深的人，然而或因慧根不夠，一直「入道」不深，經常像失群於荒野的羊隻，等待良牧的召喚與指引。記得，上大學後，有一次我很冒失地請教剛從多倫多避靜回來的高神父有關天堂的問題，他笑咪咪地回說：「天堂啊，天堂就在你我心中，就在這個世界。」他的答案給我很大的震撼，也使我迷失得更深。

多年以後，我讀到台灣佛教界至為推崇的得道高僧廣欽老和尚的開示語錄中的話：「西方在哪裡？在自己的心，只要心中無事無煩惱，就是清涼地，就是西方」，內心產生同樣的震撼。這才恍然大悟，儘管兩者是天差地別的宗教，智者心意相通，所見略同。

廣欽法師說過許多耐人尋味的話，諸如：「好也笑笑，壞也笑笑，好壞都是分別出來的，所以不要去分別」、「聽開示不在於聽得多不多，而是在於聽得進或聽不進」、「西方是歸宿，就像老農夫耕耘田地，辛苦了一天，等到太陽下山後，就可歡喜地休息了。」法師最膾炙人口的一句話，是他在坐化前對其弟子所說的：「無來也無去，沒有什麼事。」

這次大陸之行，旅館房間中找不到《聖經》或任何佛經，但我卻隨身帶了一本基督教靈修名著《荒漠甘泉》作者考門夫人（Mrs. Charles E. Cowman, 1870-1960）的續卷《黑門山路》（*Mountain Trailways for Youth: Devotions for Young People*）。書中三百六十五天的靈修功課，我畢其功於一役，利用旅程閒暇從頭到尾研讀了一遍，俯拾皆是的佳言妙諦，令我感悟甚多。信手拈來以下數則，可為佐證。

該書在七月二十一日一頁中提到，喬治．戈登將軍一生戰功彪炳，功在國家。英國政府欲賞其重金，卻被婉謝，他只收下一枚鐫刻著他三十三次英勇戰役的金牌。戈登去世之後，此枚金牌卻遍尋不著，後經調查發現，他在死前曾囑咐部下將金牌熔成金塊變賣，購買食物賑濟難民。戈登並在日記中寫著：「我把世上最後，也是最珍愛之物，獻給主耶穌基督了。」

用全部生命、血汗換得的榮耀，就這樣義無反顧地慷慨鬆手，這當然不是常人所能做到。與其相比，此行同伴在冬日寒風苦雨的北京、上海街頭，對饑寒交迫乞者所做的一些戔戔施與，豈不太過渺小？

在一月二十一日一頁中記載這樣一則故事：一支東方旅行隊因為找不到水源，被困在沙漠裡，進退不得，危在旦夕。就在大家都感到萬分惶恐、絕望之際，隊中一位長者走到領隊面前，建議將原準備作為禮物的兩隻鹿放開去找水。領隊半信半疑，但別無他策，只好姑且一試。此時兩隻鹿早也渴極，被突然放開後，憑其無比敏銳的本能，狂奔尋覓水源。眾人緊隨其後，終於在荒漠中找到甘泉，全隊因而脫險得救。

在四月二十六日一頁中記述，十九世紀義大利建國英雄加里波的在一次演講中，鼓吹青年為國家的獨立自由起而奮戰。有一個青年趨前問說：「如果我去參軍，會有什麼獎賞？」加里波的義正詞嚴地答說：「有受傷、疤痕、頭破血流，甚至不幸捐軀，但由於你的疤痕，義大利將獲得自由。」

書中五月十五日一頁言及，舉世聞名的鋼琴家魯賓斯坦曾說：「一日不練琴，就覺得自己琴藝退步；兩天不練琴，朋友就會察覺；三日不練琴，連觀眾都能看出。」這種說法，聽起來是否有點耳熟？我國古人不是講：「士大夫三日不讀書，便覺面目可憎，言語無味」，也都是在強調不管讀書、練武或習藝，貴能鍥而不捨，持之以恆。

近人有對聯：「貴有恆，何必三更眠五更起；最無益，莫過一日曝十日寒」，一針見血地點出我們這些凡夫俗子習矣而不察焉的病根。

在十二月二十八日一頁中觸及生命的終極意義：有一個高中畢業生考取一所理想的大學，很感志得意滿，前程似錦。剛好那所大學的校長是年輕人父親的朋友，他為表示對晚輩的關心，就找那位新鮮人來聊一聊。校長問說：「將來畢業後，有何打算？」

「我想去競選議員。」

「好主意！當上議員之後呢？」

「年紀到了，我就準備退休！」

「這也不錯，那麼以後呢？」

年輕人沉默了半晌，不再那樣意氣風發了。他發現，原來自己在生命的棋局裡，並沒有多少籌碼，於是喃喃說：「有一天，我會離開人世！」

前述一段對話，使我想起多年來一直銘記在心的一則故事：有一位國王召集全國最有智慧的人來開會，說他準備叫金匠打造一枚可以長年戴著的戒子，上面須鐫刻一句話，而此話能在他得意時，警惕他不致太過驕傲；在他失意時，安慰他無須太過悲傷。眾人苦思冥想、熱烈討論了好幾天，終於向國王建議，那句話應該是：「這也將過去！」

「想到白骨黃泉，壯士肝腸自冷」，這是明朝萬曆年間的隱士洪自誠在《菜根譚》裡說的警世名言。生命委實太脆弱、太短促，在現實的世界裡，我們早應體認，任何人隨時有機會被請去搭乘人生的末班車。走筆至此，猛然憶起，信徒問廣欽老和尚：「做人要直直的，對不對？」法師回說：「不對，做人該彎的時候就要彎！」面對生命的無常，我們學到了謙虛。

我懷著一股莫名的鄉愁走訪中國大陸，在北京玉泉雕塑公園看到草地上插有一面牌子，上面寫著：「小草在生長，請勿打擾」，領受到主事者用心的良苦以及人類面對大自然、面對造物主內心該有的謙卑。

根據《聖經》記載，耶穌當年帶著彼得、雅各及約翰走上「黑門山」（Mt. Hermon），並在門徒面前顯現神形。此次大陸之行，讀完考門夫人的《荒漠甘泉》的續卷，感覺上，我好像也攀登了以色列的聖地「黑門山」，在那兒流連忘返！

輯三

重溫生命的溫暖

長姊督課甚嚴，指定要背誦的詩詞文章，
到時若無法熟記於心，就不准上桌吃飯。
母親心有不忍，每在旁說情，長姊不為所動。
講起來，人家也未見得相信，
如今，我已登「知天命」之年，
仍能琅琅上口，倒背如流的，
竟都是幼年記誦的文字。

生命的顏色

藝評家常用「藍色時期」、「粉紅色時期」來形容西班牙畫家畢卡索的創作階段，精研台灣美術史的謝里法教授談及前輩藝術家廖繼春、李梅樹、楊三郎、李石樵等大師，也常鼓勵學生深入觀察這些藝壇前輩的創作習性，並且試用顏色來歸納他們作品的特色與風格。

依此類推，如果只能用一、二種色彩來描繪一個人的生平際遇，無論屬暖色系的紅、橙、黃，或是冷色系的藍、綠，抑或是紫、黑、灰，似亦均能恰如其分。舉例來說，日前才過世的影壇巨星葛雷哥萊畢克（Gregory Peck, 1916-2003），在所主演的《錦繡大地》、《梅崗城故事》、《六壯士》、《君子協定》等諸多名片中，一向扮演守正不阿、見義勇為的男子漢，個人私生活也堪為影界表率，若用象徵朗朗乾坤的天青色來呈現其磊落的人格特質，誰曰不宜？

再如，以九十六歲高齡剛剛辭世的女星凱薩琳赫本（Katherine Hepburn, 1907-2003），不僅以爐火純青的精湛演技屹立好萊塢，成為影壇的長青樹，且以其不凡的睿智贏得世人的尊敬。她曾一針見血地說：「相貌平庸的女人，比漂亮的女人更了解男人；漂亮的女人不需要了解男人，因為，男人會去了解漂亮的女人。」（Plain women know more about men than beautiful ones do. But beautiful women don't need to know about men. It's the men who have to know about beautiful women.）話講得平易，然若非有一番深刻的人生觀照，又如何能說出如此洞燭人性之言？

凱薩琳赫本一共主演過《豔陽天》、《誰來晚餐》、《冬之獅》、《金池塘》等四、五十部膾炙人口的電影，先後奪得四座奧斯卡后冠。就她無出其右的影藝事業而論，或可用玫瑰紅來代表她的璀璨人生；當然，亦可用銀白色來象徵其如北極冰雪般的堅韌生命力與堅定不移的行事作風。

她結過一次婚，維持了六年，此後一直獨處，而與性格影星史賓塞屈賽（Spencer Tracy, 1900-1967）的情緣也僅止於傳聞。凱薩琳赫本說過不少傳誦一時的名言，其中最得我心的是：「愛情與你期望得到什麼無關——只跟你要付出什麼有關——那就是愛情的全部內涵。你能得到何種回報變化無常，但跟你的付出絕對無涉。你之所以付出，是因為你心甘情願，而且情不自禁。」（Love has nothing to do with what you are expecting to get—only what you are expecting to give—which is everything. What you will receive in return varies. But it really has no connection with what you give. You give because you love and cannot help giving.）

當年，我第一次讀到這段話，很受震撼，大有舉世滔滔，突獲點化之感。對那些身陷情網而無計抛撇所繫的紅塵男女來說，一代影后的心聲，不啻是一帖心靈良藥，值得再三咀嚼！

謝里法老師指導研究生探討台灣美術史，經常別闢蹊徑，除了前面提及的顏色歸納法外，他還要求學生臨摹前輩藝術家的作品，並將臨畫的方法、過程、心得一一詳加記錄，以便揣摩藝術家的創作理念與心境，重建美感經驗。此外，他也要求學生試行記錄個人最幼年的生活片斷，以培養細密的觀察力跟記述力。

就此而言，我打心裡就佩服那些能將個人童年生活記憶得清清楚楚，說起來又歷歷如繪的人。與那些人相比，自己顯然屬於智力較晚開發的那一類，現在挖空心思，所能回溯到最早生命歷程，也已是五、六歲時候的事了。

家父是職業軍人，歷經多次重要戰役，戰功彪炳，對日抗戰期間官拜集團軍總司令，勝利後擔任兵團司令，大陸撤守時，兵敗被俘，在中共獄中病逝。

家母帶著五個兒女，輾轉來台，以「無依軍眷」的身分，靠著從大陸帶來的有限老本及政府對軍眷的補給，勉強過活。

剛抵台灣時，我們一家人暫落腳在台北圓環附近的一個小旅館，這當然不是長久之計，就拜託房屋掮客四處探聽待售的房子，最初看中一處位於中山北路的日式院落，考慮很久，嫌其樹木太多，入夜顯得陰森，只好放棄。後來在台北牯嶺街空軍眷舍對面找到一個三十來坪的木造平房，花了十幾兩黃金將它買下，這才算有了真正屬於自己的棲身之所。

也許是因為沒有丈夫的緣故，身為一家之主的母親欠缺安全感，她不太願意我們跟鄰居的小孩玩在一塊兒，怕我們吃虧、受欺負。事實上，家中缺少了可以挺身而出的男主人，多多少少會被左鄰右舍看輕。猶記四、五歲時，一個假日下午，附近鄰居的小孩計約二、三十名，不知為了什麼緣故，聚集在我家門口，扯開喉嚨，齊聲大叫「寡婦、寡婦」，母親跟兩個姊姊，又氣又惱，但因是女流之輩，敢怒不敢言，只有默默承受著。

不曉得是不是因為受到這樣的刺激，比我年長十來歲的大姊，以長姊代父的角色，督促我們幾個兄弟開始誦讀詩詞古文。她經常掛在嘴邊的一句話就是：「你們男孩子呀，將來長大後是要支撐門戶的，要想出人頭地，從小就非得好好讀書，打下扎實的底子不行！」

那時，家境不太寬裕，母親無力送我們進幼稚園，但我不滿七歲，已在長姊的嚴格教導下，讀完《論語》、《孟子》，也背誦了不少唐詩宋詞及《古文觀止》、《古今文選》中的名篇。這也應該算是一種啟蒙吧，而當時對其中的深奧含義，並不甚了解，只是囫圇吞棗地死背硬記而已。一直到我上了中學以後，國文科成績經常一枝獨秀，才算將幼年所儲備的能量逐漸釋放出來。

長姊督課甚嚴，指定要背誦的詩詞文章，到時若無法熟記於心，就不准上桌吃飯。母親心有不忍，每在旁說情，長姊不為所動。

講起來，人家也未見得相信，如今，我已登「知天命」之年，仍能琅琅上口，倒背如流的，竟都是幼年記誦的文字。例如，朋友中能記得袁枚〈祭妹文〉裡最後幾句：「紙灰飛揚，朔風野大，阿兄歸矣，猶屢屢回頭望汝也」，不乏其人，但能一字不錯的背全該文，甚或記得起首第一句：「乾隆丁亥冬，葬三妹素文於上元之羊山，而奠以文曰」的，就可能不多了。此無別的因素，就是他們接觸袁文時，已是高中時候，早過了人生記憶絕佳的年紀。

背書，屬於苦差事，而在我最早的記憶裡，當然也有不少樂子，聽大人說故事，應是其中之一。

那時，牯嶺街一帶，有許多軍公教住宅，我家對面兩排有前後院子的木造房屋，就是空軍中、高級軍官的宿舍。他們每家都配有勤務兵，幫忙做飯及操持家務。這些勤務人員大多是從大陸各地隨部隊過來的外省人，南腔北調的，家鄉口音很重，但聽來也分外親切。彼等走南闖北，人生閱歷豐富，經常利用夏夜乘涼時，在昏暗的街燈下，給鄰居眾家小朋友說故事，逗引一票孩子睜大雙眼，仰頭傾聽，最後總是在大人們一再呼叫、催促下，孩子們才戀戀不捨的回家睡覺。

那是一個家家戶戶、朝野上下都克勤克儉過日子的時代，很少人家買得起什麼玩具給自己的兒女，但小朋友們永遠知道如何自得其樂。記得，現在的汀州路在當時只是一條鐵道，火車每天都會經過我家的巷口好些回。七歲入螢橋國校一年級後，上下學經常跟同伴玩的遊戲，就是比賽走鐵軌，誰先從窄窄的軌道上滑下來，誰就算輸。玩這種比賽，講究的是平衡功夫，兩手須左右伸直，上下擺動，權充平橫桿；雙眼可要朝前方直視，不可老是低頭瞧腳。練久了，走個數十公尺還不會跌下，亦是常事。

有時，我們還會學電影中的斥堠，在眺望不到有任何火車接近的情形下，雙手撐在枕木上，腦袋貼著鐵軌側耳靜聽遠方傳來的震動，若是察覺到有任何動靜，就高興地閃在道旁嬉鬧，等待由遠而近的火車隆隆地駛過。

由於有這樣的宿緣，火車的氣笛聲，就成為我一生永難化解的鄉愁。甚至，大學畢業在成功嶺受訓時，每天晚上熄燈號響後，躺在通鋪上，隱約聽到山下烏日站傳來嗚嗚的火車長鳴，好幾回都不由自主地默默淌下淚水。

想來，競走鐵軌是現在小孩子很難想像的玩樂，但時下他們最迷的漫畫書，倒非這一代新新人類獨有的專利。

我讀小學時，最熱門的兒童讀物，是新竹人士葉宏甲先生所畫的《諸葛四郎》，此一以伸張正義、除暴安良為主題的長篇漫畫故事，定期連載於每週出刊的《漫畫大王》，風靡全島，幾乎成為每個小朋友朝夕想望的精神食糧。

那一段時期，每逢出刊日，下學後我就跟著一夥同學衝入學校附近的漫畫店，搶租剛出爐的《漫畫大王》。出錢租書的同學有板凳坐，算是「大爺」，其餘「看白戲」的人，就半蹲著圍在他身旁同樂，往往一圍就是七、八個人，大家看得起勁，一邊翻書，一邊爭相說長道短的，好不熱鬧！跟現在小朋友安坐於冷氣呼呼直吹的漫畫店裡，人手一冊、獨樂樂的景象，又大所不同。

其實，撐開我幼年生活的畫布，值得一觀的部分，少得可憐。若僅能用一、兩個顏色去代表那段生命的步履，毫無疑問的，我會選擇藍色，或許還可以再添補上一點點的淺綠或淺黃，如是而已！

我常想，林肯總統曾點出：「人過四十歲後，就須對自己的面貌負責。」（Every man over forty is responsible for his face.）這句話是否也可以引申為，一個人在成年之後，生命的顏色亦應該由其個人負全責呢？

林肯總統曾點出：「人過四十歲後，就須對自己的面貌負責。」
這句話是否也可以引申為，一個人在成年之後，
生命的顏色亦應該由其個人負全責呢？

你我都曾有過青春年華，
那段永值憶念的純真歲月，誠然一去不返，
然而，正如榮獲「奧斯卡終身成就獎」的國際巨星
蘇菲亞羅蘭所指出：「世有青春之泉，
那就是你的心智、你的才華，
以及你傾注於自己和所愛之人身上的創意。
當你學會如何善用此一泉源，你已真正戰勝了年紀。」

當年曾是青春客

前不久，友人屆齡榮退，為示祝賀之意，筆者特地找出多年前一位藝術家所送的墨寶，借花獻佛轉贈有緣人。雖說是秀才人情，老友喜出望外，當眾朗誦出上面的文字：「為我盡一杯，與君發三願：一願世清平，二願身強健，三願臨老頭，數與君相見。」

此為唐代大詩人白居易傳世的詩句，所說的三個願望，看來平易卑微，但回顧迢迢歷史長河，能讓人民安居樂業的太平盛世，實是屈指可數，至於二、三兩願，恐亦未見得全然操之在個人。

君不見，一般人到了某個歲數，也就是在為生活打拚了大半輩子之後，縱然無感於老之將至，惟不經意間，非但「鏡裡朱顏都變盡」，而且健康狀況漸由綠燈變成了黃燈，甚至直接亮起了紅燈，或許，這時才憂心忡忡地驚覺，歲月無情，自己無端已躋身於銀髮族的一員，且成為小診所和大醫院不請自來的常客。

「生年不滿百，常懷千歲憂」，是漢代古詩中的句子，時至今日人們讀此，仍不免心有戚戚焉。不過，撇開其他層面不談，單就生活環境與醫療技術的進步而言，又豈是古代社會得以相提並論？

舉例來說，你我在年輕時，諒曾讀過唐宋八大家之首韓愈的〈祭十二郎文〉，或許尚記得內中有感嘆自家身體大不如前的話語：「吾年未四十，而視茫茫，而髮蒼蒼，而齒牙動搖。」這篇歷經千百年始終傳誦不絕的名作，寫於唐德宗貞元十九年（西元八〇三年），那年韓氏僅三十六歲而已，卻已像現今一般人七老八十的模樣，其生命被壓縮到這樣的地步，應非你我可以想像。

其實，古人未老先衰的例子，自是不勝枚舉，也不須費心查考，只要一讀他們所寫的詩文，即可知其梗概。就拿有「詩聖」之稱的唐代現實主義詩人杜甫來說吧，他在最窮困潦倒之時，靠著親友濟助，落腳於四川成都的浣花溪，搭建了一間勉可遮風蔽雨的茅屋，孰料某日秋風來襲，把屋頂上茅草吹走不少，一群兒童見狀，不顧主人如何呼號，毫不客氣的把它們搶跑。

於是，在徒喚奈何之際，杜甫寫出了千古絕唱〈茅屋為秋風所破歌〉，詩中提到：「南村群童欺我老無力，忍能對面為盜賊。公然抱茅入竹去，唇焦口燥呼不得，歸來倚杖自歎息」，把他無力對付頑童的慘況，描繪得十分真切傳神，讓人簡直有身歷其境之感。杜氏那年也只不過四十九歲，可說正值人生壯年，已然體弱力衰如此。

說來，老年乃是人生賽事的下半場，現代人固然也無法永保「身強健」，惟跟韓愈和杜甫相比，一定還是略勝一籌。儘管如此，一般人對獨自走向生命盡頭的終局，總難免有揮之不去的恐懼。即使是宗教情懷頗深的人，在讀到聖經《詩篇》中有關求神扶持與拯救的如下祈禱詩：「我年老的時候，求你不要丟棄我；我力氣衰弱的時候，求你不要離棄我」，能不心有所感嗎？

就筆者而言，自從「告老還鄉」之後，承蒙眾家弟兄厚愛，三不五時就傳來一些養生、保健的資訊，以及教人如何調整處世心態和生活方式的撇步，其中不乏人生的寶貴經驗和智慧，著實令人受用，也教人感念在心。

其間，我也多次投桃報李，翻譯了一些有助人們面對暮年的名家語錄，傳給友人參考。其中不少深獲我心的話語，非僅經常縈繞於筆者心際，而且也成為個人在「路長人困蹇驢嘶」時，鼓勇前行的座右銘。

此刻不假思索所想到的，就是法國近代文學家莫洛亞（André Maurois, 1885-1967）的一段話，其大意是說：所謂老年，絕不止於白髮蒼蒼、滿臉皺紋，以及認定凡事為時已晚、人生的「酒店」即將打烊、紅塵舞台屬於興起的一代等等。老年真正的不幸，不是身體的日漸衰老，而是心靈的冷漠。

莫洛亞是以寫名人傳記見長的作家，著作如《雨果傳》、《雪萊傳》、《拜倫傳》、《巴爾扎克傳》等，無不是對人性、對世態刻劃深刻之作。他對世人老境堪憐的現象，觀照入微，僅以三言兩語，就已道出老年人最大的悲哀，倒不在於形貌的變化，而是他們拋棄了年少時的夢想，背離了年輕時的熱情，失去了壯年時的豪情，變成了一個欠缺溫度的另類「社會邊緣人」。

莫氏之言，自非無的放矢，而這也不禁讓我聯想起美國詩人烏爾曼（Samuel Ullman, 1840-1924）在其傳世之作《青春》中的一段文字：「在你我心中，皆有一座無線電台，只要它接收得到來自天上人間的美好、希望、歡樂、勇氣和力量等信號，你就能青春永駐。」

作者年輕時留影。

你我都曾有過青春年華，那段永值憶念的純真歲月，誠然一去不返，然而，正如榮獲「奧斯卡終身成就獎」的國際巨星蘇菲亞羅蘭（Sophia Loren）所指出：「世有青春之泉，那就是你的心智、你的才華，以及你傾注於自己和所愛之人身上的創意。當你學會如何善用此一泉源，你已真正戰勝了年紀。」

無可否認的，不少上年紀的人，習於把自己束縛在自製的「緊身衣」裡，無形中，大大限縮了自己的生命觸角與人際關係，而上述智慧之語，雖不是凍齡、逆齡的奇方妙藥，卻如暮鼓晨鐘般提醒我們，人人內心深處都有一泓永存的「青春之泉」，只待開發與利用罷了！

文史學者曹聚仁曾寫說，他自己「只是一個不好不壞，
可好可壞，有時好有時壞的人。」
其實，這句話用來形容包括你我在內的大多數人，
恐怕也都很適當。
然而，生命即使平庸如此、矛盾如此，
只要我們一息尚存，
是否仍應像深宵走過冷冷長巷的歸人，
豎起衣領，吹著口哨，鼓勇前行？

重畫生命的容顏

這些日子以來，我常咀嚼法國十九世紀文學泰斗巴爾扎克（Honoré de Balzac, 1799-1850）說過的一句話：「要是沒有許多遺忘，人生就走不下去」（Life cannot go on without much forgetting.）。當今社會上生活得一帆風順、春風得意的人，比比皆是，然而，眼見身邊不少親友同事都輪流患了憂鬱症、焦慮症，甚至是前所未聞的恐慌症，不得不讓你想到，世上還有更多人活得很鬱卒、很辛苦。

對多數人來說，生命的挫折與無奈往往如影隨形，揮之不去，就此而言，我們著實應該感謝全能的上帝當初造人設想周到，既給了我們「記憶」的本領，同時也賦予我們「遺忘」的能力，讓世人可以選擇性的，把一切苦難與挫敗，拋諸腦後，永絕回首。

靠遺忘來支撐生命的動力，說來未免太過消極，然而，巴爾扎克以其觀照入微的人生閱歷，也只能有感而發地教我們這一招，何嘗不是因為陳義過高的人生目標，必然像可望而不可即的海市蜃樓，無補實益。

我們如何能在日復一日為五斗米打拚的平常生活中，找到積極的生命動能，或許並不需要什麼高深的學問，而是需要一種新的視野與生活態度。我一直很喜歡雕塑家羅丹（Auguste Rodin, 1840-1917）說的：「在我們生活的周遭，不是缺少美，而是缺少發現。」同理，生活中值得感動、值得借鏡的積極人生事例，可謂俯拾皆是，問題也就在於我們缺少發現！

日前我從台北搭計程車到木柵，一路與司機聊天，交淺言深，讓我萬分感慨。對方興奮地告訴我，打算服務鄉親，回彰化老家競選議員。他解釋說，前幾年受經濟不景氣拖累，生意失敗，欠了三百萬台幣的債，萬不得已，只好選擇到台北開計程車。數年下來，省吃儉用，竟將欠債全部還清。他信心滿滿地表示，自己包準選上，因為家鄉早已組好後援會，就等他披掛上陣。

他說，三百萬不是一筆小數字，當初家鄉親友瞧他遠走台北，並不看好他有一天能清償債務，如今債主們見他信守承諾，個個對他讚不絕口，都想加入後援會，做他的競選「椿腳」。三百萬的欠款，讓他有機會展現自己做人的誠信，建立自己有口皆碑的信譽，他很慶幸能有此番苦盡甘來的際遇。

從這位計程車司機身上，我學得了人生寶貴的一課，而我深為感動的，不僅是他反敗為勝、重建信譽的奮鬥過程，而且是他將人生的打擊，視為建立誠信與人脈關係一大良機的那種生活態度。我不知道，有多少人能將生命的意外轉折，看得那麼輕鬆，處理得那麼漂亮？我懷疑我自己就力有未逮。

除了計程車司機給我上的一課外，最近師大美術系的陳景容教授邀我參觀他與高齡母親、外甥的三代聯展，親睹耄耋之年的老人家無師自通，以彩筆繪出自己生活的記憶、對現實世界的深刻體察、她的想像及憧憬，四年間，總計留下五百多張各種媒材的畫作，創作力之強，簡直不輸任何以作畫為生的專業畫家，真是令人既敬佩又感動。

陳景容老師說，其母陳趙月英女士是在八十歲左右才拿起畫筆，印證了人們常說的：「只要開始，永不嫌晚」的金科玉律。陳老師自己是名滿中外的大畫家，但老人家開始作畫，並不是來自他的遊說，而是偶然在報上看到素人畫家吳李玉哥的作品，就說這樣的東西她也會畫，於是家人就送給她一些學生用的蠟筆及圖畫紙，從此她揮毫不輟，直至辭世。

素人畫家的作品，往往顯現重複性、對稱性及高密度，而陳趙月英的作品卻很理性，比例、遠近、明暗、強弱、虛實等繪畫原則，都掌握得有模有樣，不像兒童畫，也沒有一般素人畫的特徵。她常問身邊的人：「這張畫畫得像不像？」可見其重視寫實，在乎筆下所呈現的真實感。

老人家的畫有鉛筆、蠟筆、粉彩、水彩，題材最初多為花卉，後來擴及日常生活中出現的東西，例如從菜市場買回的魚、蔬菜、水果，以及南投水里老家的雞鴨、小鳥、房舍等具有鄉野氣息的景物，由此亦可約略看出，儘管她隨兒女北上，定居繁華熱鬧的市區多年，內心依然存在著對老家深切的懷念與不捨。

不知是不是受到日據時代教育的影響，老人家有不少畫是以鶴為題材。其實，不管是中國人或日本人，都一直把鶴視為吉祥、長壽的代表，特別是日本，他們把櫻花與鶴都當成大和民族的象徵，寫進詩歌、神話、傳說、畫卷之中。

陳景容老師為我導覽時說，他的父親晚年中風之後，生活起居處處仰靠老伴的照顧，畫中交頸鶴的描繪，表達夫妻一世情緣的恩愛。至於畫飛翔中的鶴，暗示了母親嚮往有一天能擺脫現實的羈絆，自由自在地遨遊於天地之間。她的最後一幅作品《船》，是其癌症復發後在病榻上所完成，畫中靠岸的漁船，在雲靄沉沉的襯托下，像在訴說：漁船辛苦作業後，終於可以上岸休息了。

老人家勤於揮毫，畫作的數量可觀，她常精選自認的得意之作，大方地贈送親朋好友，而且更發揮愛心，先後各捐了三十幅畫給台大醫院及師大健康中心，另捐了九十幅畫給台北醫學院附屬醫院，作為布置病房和各種空間之用。她認為，自己的塗鴉之作，若能怡悅有病痛的人，就是物盡其用的最好歸宿。

老人家的畫，不論取材自生活或內心的想像，用色都很淡雅，相當耐看，構圖雖然簡單，卻洋溢著令人會心不遠的生命情趣。她之所以能不落素人畫家的窠臼，跟她年輕時精於刺繡不無關係。這一點，其實與活了一百零一歲的美國傳奇素人畫家摩西祖母（Grandma Moses, 1860-1961），頗為相像。

這位美國婦孺皆知的蘇格蘭後裔，做了一輩子的農婦與家庭主婦，擅於女紅，刺繡尤其拿手，晚年有手抖的毛病，就拾起畫筆塗抹，賺點外快。親友把她的油畫作品帶到市集上去賣，竟大受歡迎，有人甚至跟回家，把她所有的作品買下。為了湊足對方訂購的數量，她不惜將一幅畫分割成二，再加以裝框。後來被問及何需如此，她回說：「只不過是蘇格蘭式的節儉罷了！」

她的畫受到紐約收藏家卡爾多（Louis Caldor, 1879-1963）的激賞，此君說服了「現代美術館」為她舉行長達一個月的個展，摩西祖母的畫名從此不脛而走，一九五六年間，美國政府還委託她畫過艾森豪總統在蓋茲堡的農場。「紐約大都會博物館」及世界許多著名的博物館、美術館，都收藏有她的作品。她最著名的一幅畫作《七月四日》，還被選來發行美國郵票，原畫目前掛於白宮西側廂房。

摩西祖母是在年高七十七歲時，才開始作畫，未經任何名師指點，就能自創畫風，走出一個平凡農婦命定的格局。成名後，她曾謙卑地說：「作畫並不重要，重要的是，保持忙碌」（Painting is not important. The important thing is keeping busy.），又說：「回顧此生，有若充實的一日工作，責任已了，心滿意足」（I look back on my life like a good day’s work, it was done and I am satisfied with it.）。

儘管在畫史上，摩西祖母被定位成民俗畫家或素人畫家，她能在垂暮之年以刺繡的基礎作畫，再創人生的另一番境界，為舉世的高齡男女樹立「老而不廢」的典範，如何不教人肅然起敬！與其相較，陳景容教授高堂陳趙月英女士的創作成就，也不遑多讓，只是兩人有迥然不同的人生際遇，如是而已。

多年前，我在舊金山工作過一段時間，經常在唐人街公園瞥見一些無所事事的老人家，佝僂著身軀，孤伶伶地坐在木椅上打盹兒，一若永遠失去動能的遊艇，只能絕望地停泊在無風無浪的港灣，等待報廢日子的到來。當時我常想，有一天我老了，是否也會癡騃如此？

文史學者曹聚仁曾寫說，他自己「只是一個不好不壞，可好可壞，有時好有時壞的人。」其實，這句話用來形容包括你我在內的大多數人，恐怕也都很適當。然而，生命即使平庸如此、矛盾如此，只要我們一息尚存，是否仍應像深宵走過冷冷長巷的歸人，豎起衣領，吹著口哨，鼓勇前行？

人生若不劃地自限，任何一種境地，任何一個階段，都可以作為開展新頁的起步。不管那是債台高築的困境，甚或風燭殘年的最後歲月，只要我們自己願意，就永遠有機會也有權利重畫個人生命的容顏！

對此，吳炫三除了感念前輩的提攜之恩外，
又該如何呢？他不能回到從前，
甚至他也不能駐足不前，
他必須耐得住靈魂的寂寞，
在藝術創作的大道上繼續趕路。
於是，他在隨筆中這樣寫著：
「大家都仰視金字塔最尖端的石塊，
但它卻是最寂寞的。」

阿三哥的「隨筆」

日前，國內各大報的藝文版都以斗大的標題，報導名畫家吳炫三在國父紀念館展出近年新作，並將市價高達數千萬台幣的舊作，當眾付之一炬。此一看似驚世駭俗之舉，立即招來藝壇不同評價，有人拍案叫好，認為吳氏樹立典範，有人卻不以為然，認為有作秀之嫌。

面對各界南轅北轍的意見，一向被友人暱稱阿三哥的大畫家，表現得老神在在，強調自己只是為所當為，無畏人言。事實上，他跟助手燒畫時，我也應邀在場「觀禮」，兩眼定定地瞧著一幅幅價值不斐的油畫被擲入熊熊火堆，耳邊突然飄來一位女士的低語：「自己不喜歡了，送人做人情該有多好，怎麼平白無故就這樣燒了，多可惜啊！」一語道中在場許多來賓心中閃過的念頭。

我跟吳炫三結緣很早，彼時我外派在約翰尼斯堡的駐南非大使館新參處工作，他應「非洲先生」楊西崑大使邀請，偕夫人雲遊至此，考察異國風土人情之餘，也順便蒐集非洲雕刻及繪畫題材。

後來他在五星級大飯店卡爾登（Carlton）舉行畫展，單是一張巨幅的《維多利亞瀑布》，氣勢雄偉壯觀，就令南非人士目眩神搖，大開眼界。倦遊歸國後，他又再接再厲在國內多次展出以非洲黑人為主題的創作，以及多年蒐集到的非洲文物，叫好叫座，阿三哥的盛名遠播，藝壇地位益加穩固。

南非雲水般短暫的聚合，彼此並無機會深談，但吳炫三的親切、隨和，卻讓跟他接觸過的朋友，印象深刻。一個名滿海內外的大藝術家，能在言談舉止間處處流露出赤子般的真誠，說來還真不容易。對照他曾寫道：「我不願意和討厭的人喝一斤四萬元的冠軍茶，我願意和喜歡的人喝一斤二百元的劣等茶，甚或是白開水也過癮。」怎能不教人肅然起敬？

這些年來，吳炫三的創作表現方式，有若天蠶變，不斷有所突破，離寫實與具象也愈來愈遠。在國父紀念館的畫展茶會上，有觀眾頭搖得像搏浪鼓，喃喃說「看不懂」，但不少跟隨大人來的兒童，卻睜大雙眼，看畫看得津津有味，此起彼落的驚呼與笑語，不絕於耳。這讓我想起畢卡索說的：「我花了四年時間，才畫得像拉斐爾，但要花一輩子的時間，才畫得像兒童。」（It took me four years to paint like Raphael, but a lifetime to paint like a child.）

兒童懂得的東西，大人們未見得理解，兒童會的，大人也可能力有未逮，因為，人在成長過程中，往往會失去了一些最可貴的東西。吳炫三曾對我提到，要小朋友畫自己的家庭，孩子們個個都能把他們心目中的家人，唯妙唯肖地表現出來，但要一流高中的學生畫自己的親人，他們卻茫茫然不知如何落筆。

吳炫三說的，我挺能體認。女兒荷兮在美國南部亞特蘭大讀小學四年級時，參加該城的兒童繪畫比賽，以「亞特蘭大的春天」為主題，畫出公園中踢球的少年、談戀愛的情侶、溜狗的女郎、放汽球的兒童，以及各種欣欣向榮的花草樹木，生動、活潑地描繪出春之美景，博得評審一致的青睞，榮獲首獎。頒獎酒會中，不僅與亞特蘭大市長合影，並有贊助此一活動的企業家，過來一再道賀並詢問割愛的意願。

荷兮受寵若驚，當場跟內人咬耳朵商量了一下，婉謝了對方的好意，否則，十歲就能賣出第一張畫，不也是人生頗為得意的紀錄？現在，荷兮已上大學法律系三年級，若要她構思畫一幅「台北的春天」，即使允諾給她再高的獎金，我想她也不見得能輕鬆交卷吧？

女兒的例子，應證了吳炫三對人生的觀照及生活體驗，確有其獨到之處。他送給我一本利用藝術創作之暇所寫的生活隨筆，一則則充滿哲思慧解的妙語，讀來令人興味昂然，處處可見值得一再反芻的精彩。

他寫人世的無常，有如下的感傷：「凝視海浪的沖擊，是一種享受，不知有多少前人，也曾有過此刻；然而他們都到哪裡去了？唔，煙雲人生。」

不知你對此話有無似曾相識之感？或許，它會讓你聯想起孔子面對潺潺泗水的喟嘆：「逝者如斯，不捨晝夜」；要不然，會讓你想起羅貫中在《三國演義》卷首辭中的開場：「滾滾長江東逝水，浪花淘盡英雄」。甚至，也會讓你猛然憶起三十年代新月派詩人卞之琳在〈古鎮的夢〉一詩中的名句：

是深夜，

又是清冷的下午：
敲梆的過橋，
敲鑼的又過橋，
不斷的是橋下流水的聲音。

這些來自哲人內心深沉的感觸，不管相隔多少歲月，訴說的語言如何不同，世間總有著迴盪不盡的共鳴。讀吳炫三的隨筆，這種感覺尤為深刻，從其字裡行間，更不難察覺這位藝術家的感情何等細膩，觀察又是何等敏銳！

且讓我們瞧瞧吳炫三如何看人生、看生活、看愛情、看他摯愛的藝術：

*人生如戲，但人們往往不按劇本演出。
*經過一生，已經很累，我從不訴求來生。
*休息可以走更長的路，休息太久，也就不想走路。
*準時出發，不一定準時到，人生充滿了變數。

＊幫助別人，就好像把石頭丟到海裡，祈求他的回報，比石頭浮上水面還難。

＊沒有人被陌生人倒帳，不是至親好友哪能借得到錢？

＊基督徒都願意接近主，但時候真到了，又都不願意了。

＊有批評才有進步，指的是批評自己，而不是批評別人。

＊一棵壯碩的大樹也要經歷無數冷冽寒夜和酷暑的折騰。

＊雖然不少女人希望下輩子是男人，但最好不要急於現在就扮演男人的角色。

＊愛人是一種享受，被愛是一種負擔。

＊不會讓你心跳的約會，最好留在家裡修指甲。

＊以「性」為基礎的戀愛不會長久，但沒有「性」的戀愛不是戀愛。

＊如果世上真有天才，我們都該自殺，努力又有啥用？

＊所謂得心應手，就是多做幾次。

＊麵包和顏料對畫家同等重要。

＊作為畫家，沒有權利去批評他人的作品。

＊在收藏家的牆上，我只見到我畫中的毛病。

畫作被人收藏去，吳炫三還不免計較其好壞得失，更甭說那些仍然等待知音，長年寂寞地擺在他自己畫室及倉庫的舊作。身為國際級大藝術家，他的藝術修養及自醒功夫，自非等閒人所能企及，當眾焚畫之舉，看似突兀，卻不也就是理所當然之事？

至於推陳出新的力作，當下能否被市場接受，吳炫三本人並不十分在意。他認為，藝術家不能短視、媚俗，不能一心迎合時尚，而要努力超越自我、超越時代，不斷披荊斬棘地開闢新的創作途徑。

已過世的文壇前輩鍾梅音女士，在吳炫三讀師大美術系二年級時，經由系主任黃君璧大師的介紹，以台幣六百塊買了他一張小畫，逢人誇讚，視為珍藏。多年後，吳炫三已成名，旅居新加坡的鍾梅音在報上看到畫展消息，主動寫信聯繫，意欲選購。等畫冊寄去，鍾梅音卻不甚中意，來信表示還是喜歡吳炫三早年做學生時的作品。

對此，吳炫三除了感念前輩的提攜之恩外，又該如何呢？他不能回到從前，甚至他也不能駐足不前，他必須耐得住靈魂的寂寞，在藝術創作的大道上繼續趕路。於是，他在隨筆中這樣寫著：「大家都仰視金字塔最尖端的石塊，但它卻是最寂寞的。」

吳炫三有事無事常來辦公室找我，兩人就相偕到隔壁巷子裡的西餐廳用簡餐或喝下午茶。我喜歡靜靜地聽他訴說他的生活、感情世界和他的夢。

從阿三哥身上，我最近才約略體會梵谷所說的：「我會夢到我的畫，然後畫出我的夢。」

大家都仰視金字塔最尖端的石塊，但它卻是最寂寞的。

或許，在歡度中秋的時刻，
你我也可參考近代文學家、藝術家豐子愷先生的話：
「不亂於心，不困於情，不畏將來，不念過往」，
期許自己能在歲月的輪迴間，
以恬淡的平常心，
泰然面對人生的波瀾曲折、風風雨雨！

千里共嬋娟

農曆七月十五中元普渡，大街小巷商店及住家在門口擺桌祭拜的景象，才剛從人們眼眸中閃過，台北的各個賣場及超市，已迫不及待地把知名產地的文旦堆上了貨架。而人們不管對歲月的推移是何等麻木，不待提醒，也一定感知到中秋節的腳步聲已然響起。

每逢這個時節，我不禁想起家母在世時常掛在嘴邊的一句話：「年怕中秋，月怕半。」那時年輕，未曾多加體會，如今有了年紀，也歷盡了人世滄桑，才感覺到就這麼一個簡簡單單的「怕」字，已有力與傳神的，點出了歲月何其匆匆，轉眼間一年行將結束，一個月又快收尾了。

就筆者而言，近些年來，由於女兒們業已長大成人，不必再張羅烤肉之類的家聚活動，迎中秋顯比過春節單純許多。除卻照例跟所熟悉的台南果農，及早預訂一些道地的麻豆文旦，作為分贈親友的伴手禮之外，只須找一家像樣的館子，跟家人吃頓團圓飯，也就算歡度佳節了。

當然，中秋賞月自是人生一大快事。是夜若是天公作美，戶外無風無雨，在夜幕低垂，晚風拂面，明月露臉之際，我和內人往往會乘興前往住家附近的醉夢溪畔散步。這兒所說的醉夢溪，發源於北市文山區二格山的北坡，流經貓空山區、政治大學外緣，最後注入景美溪，全長雖僅六公里，其溪畔公園卻是民眾休憩、運動、野餐的最佳去處。

此時溪水默然無聲，兩岸觸目盡是一簇簇正在圍火烤肉的家庭與年輕人，而炊煙裊裊，美食香氣氤氳，伴隨著此起彼落的大人談笑聲、小孩喧鬧聲，挺能營造出一片節慶的歡樂氣氛。任何人身處其間，縱使心有千千結，一定也可暫且放下，感受出生活中美好的一面。

話雖如此，面對皓月當空的如斯美景，古往今來無數騷人墨客，卻不免觸景傷情，以文字抒發他們內心深沉的感懷。其中最為人知的，就是北宋文學家蘇東坡在中秋節當晚，所寫下的〈水調歌頭〉。

此詞起首「明月幾時有？把酒問青天。不知天上宮闕，今夕是何年」，以及結尾「人有悲歡離合，月有陰晴圓缺，此事古難全。但願人長久，千里共嬋娟」等語，固在寓情於景，以物喻人，道出世緣聚散無常的無奈，然而，作者似也在自我排解，期以較曠達、出世的態度，面對自己一生的奔走潦倒、宦海浮沉。

這闋堪稱宋詞壓卷之作的千古名篇，成於西元一〇七六年的中秋節，距今有九百四十餘年。人們之所以能如此精準掌握此詞完成的日期，別無其他緣由，就是因為蘇氏寫了十七字的前言：「丙辰中秋，歡飲達旦，大醉。作此篇兼懷子由。」推算干支，丙辰為北宋神宗熙寧九年，時任密州（今山東諸城市）太守的蘇東坡，那年不過四十初度而已。

其實，古人為文賦詩，以干支紀年，並非罕見。東晉大書法家王羲之的經典之作《蘭亭集序》，可說是最顯而易見的例證。該文開門見山之語就是：「永和九年，歲在癸丑，暮春之初，會於會稽山陰之蘭亭，修禊事也。」再如蘇東坡的傳世名篇〈前赤壁賦〉，係以「壬戌之秋，七月既望，蘇子與客泛舟遊於赤壁之下」起頭，亦在在說明了古人對紀年重視的程度。

值得一提的是，蘇東坡夜遊赤壁，是在農曆七月初秋的「既望」，不僅離中秋節不遠，而且也是月圓之時。因為所謂「望日」，指的是農曆十五，「既望」乃是農曆十六，故可知蘇子夜遊的主要目的，恐亦是賞月而已。

說來詩文有紀年，當有助於讀者了解作者的生平及創作的時空背景，但有時縱無紀年或時間的註記，作品本身即已透露了這一切。就以蘇東坡來說好了，其傳世的詩詞不下三千餘首，以中秋為題材的，除〈水調歌頭〉外，較有名的尚有〈陽關曲〉和〈西江月〉。

其中〈陽關曲〉，只有短短四句：「暮雲收盡溢清寒，銀漢無聲轉玉盤。此生此夜不長好，明月明年何處看」，寫的是他與久別重逢的胞弟蘇轍（字子由）共度中秋的情形。後人不難感受到蘇東坡把一件賞心樂事，刻劃得如此情韻深厚，意味悠長，足以讓人領略到他心中那種「此日相逢思舊日，一杯成喜亦成悲」的複雜心情。

至於〈西江月〉一詞，原是寫給漂泊遠方、彼此相知甚深的蘇子由，讀來更見淒婉低沉，全文為：「世事一場大夢，人生幾度秋涼？夜來風葉已鳴廊，看取眉頭鬢上。酒賤常愁客少，月明多被雲妨。中秋誰與共孤光，把盞淒涼北望。」不僅寫出兄弟天各一方的思念，也對人生虛幻、壯志難酬的悲涼，表達了內心深切的喟嘆。

千百年後的世人，中秋夜晚賞月，誠如當代土耳其詩人伊爾登（Mehmet Murat ildan）所形容的那樣：「滿月是個老練的漁夫，能讓每雙眼睛都輕易的落入其魚網」，惟若人們念及蘇東坡的前述詩詞，於靈魂有所燭照時，又豈能不感念一代文學奇才，以其敏銳的觀照、動人的文采，澆灌了你我心中不為人知的塊壘？

不過，話又說回來，蘇東坡的詩文深受道家生命哲學的影響，令人稍有消極之感，或許，在歡度中秋的時刻，你我也可參考近代文學家、藝術家豐子愷先生的話：「不亂於心，不困於情，不畏將來，不念過往」，期許自己能在歲月的輪迴間，以恬淡的平常心，泰然面對人生的波瀾曲折、風風雨雨！

美國女作家歐瑞奇在其暢銷名著《歲月之歌》中講道：

「平安夜是歌聲的夜晚，
它像披肩一樣，環繞著你。
不過，它溫暖了不只你的身體，也溫暖了你的心，
並以永恆的旋律注入心靈。」

永遠的聖誕記憶

舉凡去過法國巴黎，親身領略到那種濃郁的浪漫氣息與文化氛圍的遊客，很可能都會認同美國小說家海明威所說的：「如果你有幸在年輕的時候就住過巴黎，那麼，此後的人生歲月裡，不管行腳何處，巴黎都將與你形影不離，因為它是移動的盛宴。」

然而，對許多曾浪跡天涯的人來說，心中縱然也有個移動的盛宴，倒不見得就是巴黎，而可能是世界上另一座城市，抑或另一個不為人知的角落。不談別人，即以筆者自身為例，打從二十多年前，揮別卜居了五年的舊金山，返回台北打拚以來，該地那種終年受海洋調節的涼爽氣候、橫跨海灣的懸索橋「金門大橋」、行駛時叮噹作響的有軌電車等景象，無不令人魂牽夢縈，難以忘懷。

此外最讓我眷戀不已的，並非十月底的萬聖節，亦非十一月下旬的感恩節，而是在人們千呼萬喚聲中登場的聖誕節。此一早已轉化成普世重要民俗的節慶，顧名思義，乃是基督教為紀念耶穌降生所創立的節日，惟無論你是否有此信仰，只要接觸到那種熱鬧滾滾的聖誕景象，以及無所不在的聖誕裝飾、處處可聞的聖誕音樂，又如何能不被其深深感染和感動，好似自己身上每一個細胞都被歡樂的汽笛聲所喚醒。

猶記，當年我在舊金山上班的那棟大樓，每逢聖誕佳節，業主照例都會花大錢在一樓大廳角落，以裝置藝術的形式重現聖誕故事，而且還會挑選某個中午休息時間，邀來穿著正式服裝的男女詩班，獻唱聖歌及聖誕歌曲，一旁尚備有豐盛精緻的西式點心，供駐足聽歌或路過的眾人隨意享用。

然則，類此辦公大樓應景的聖誕妝點，不管再怎麼吸睛，也比不上大百貨公司與購物中心那些五光十色的聖誕裝置，來得更有節慶味道。難怪上世紀美國著名的宗教家皮爾牧師（Norman Vincent Peale, 1898-1993）要如此讚歎：「聖誕節在這個世界上揮舞著魔杖，看啊，一切都變得更柔軟，更美麗了！」

牧師此語可說道出了千萬人的心聲，可是，所謂眼見為真，有一年我曾在平安夜獨自開車穿越幾處住宅區，目睹了家家戶戶都費盡心思，用聖誕燈飾把花園點綴得光彩奪目，以呈現出聖誕節的意象。諸如耶穌誕生於客棧的馬槽、天使向伯利恆曠野的牧羊人報佳音、東方博士朝見聖嬰等《福音書》中的記載，無不成為燈飾的主題，也讓人觸目所及皆感驚豔，留下既深刻又溫馨的記憶。

屈指算來，筆者從職場退下已好些年，但在國外過聖誕節的情景，依然常在腦海中打轉，而每逢聖誕夜上教堂，我都會不由想起美國女作家歐瑞奇（Bess Streeter Aldrich, 1881-1954）在其暢銷名著《歲月之歌》中所講的話：「平安夜是歌聲的夜晚，它像披肩一樣，環繞著你。不過，它溫暖了不只你的身體，也溫暖了你的心，並以永恆的旋律注入心靈。」

歐瑞奇女士筆下這首深植人心的聖誕旋律，究竟傳達了怎樣的信息呢？或許，你我可在美國短篇小說巨匠歐亨利（O. Henry, 1862-1910）的世界名著《麥琪的禮物》中，尋得幾分線索。

這篇膾炙人口的聖誕故事大意是說，一對居住在紐約破舊公寓的年輕夫婦，儘管家中一貧如洗，彼此仍想為對方買一件像樣的聖誕禮物，結果做先生的賣了祖傳的金錶，給妻子買了昂貴的玳瑁梳子，而做妻子的竟將一頭長可及膝的金髮忍痛剪下賣掉，換得一條精緻的錶鍊。在聖誕夜互贈禮物時，雙方才赫然發現，陰錯陽差之下，自己的一片美意全然落空，儘管兩人難掩失望之情，卻為對方無私的犧牲和付出，感動到不行。

歐亨利在此篇小說中的點睛之筆，即是：「人生是由啜泣、抽噎和微笑所組成，而抽噎占其主要部分」，強調出貧賤夫妻的愁苦與悲哀，但在另一方面，也暗示了世上最珍貴的聖誕禮物，不是任何物質方面的東西，而是無可取代的真情實意。

走筆至此，筆者猛然憶起，前年旅居舊金山的朋友寄來聖誕卡問候，內附一則真人實事的英文報導，算是附加的聖誕禮物。該文是講一戶住在中下社區的人家，女主人不幸得了乳癌，十四歲的兒子想幫忙籌措醫療雜支。

少年人很有創意，他想出的點子就是，帶著電池操作的理髮推子，挨家挨戶走訪鄰居，讓人隨意剃掉一些他的頭髮，來換取捐款。他問父親以一百美元作為目標是否太高，其父教他不要抱太大希望。過了好一會兒，孩子頂著光頭返家，算算一共募得一千二百二十三美元，可見街坊們無不被其孝行所感動，其中兩人尤其大方，各給了他一張百元大鈔。

這則小人物的社會傳真，雖不如歐亨利的聖誕故事那麼跌宕曲折，但讀來同樣感人肺腑，因而不禁想到，自己之所以會對那些年在異鄉過聖誕節的日子，如此戀戀不捨，最主要的緣由，無非是它讓我深切感受到一種歡樂滿人間的溫暖，內心於是獲得莫大的慰藉，甚至，在一片祥和的聖誕氣氛中，面對人生迢迢征程的盡頭，心中點燃了得救的盼望！

美國文學家馬克吐溫常被人引用下面這段話：

「二十年後的今天，令你抱憾不已的，
不是你已做之事，而是你未做之事。
所以解開帆索吧，
揚帆駛離避風港，乘風破浪，
去探索，去夢想，去發現！」

莫教新歲逝匆匆

跨年之後，迎接農曆新春的節慶氣氛漸濃，惟因國人普遍關心近來政治情勢的變化，情緒受其左右，不免時有起伏，且常透過手機通訊軟體，不時傳來抒發心情及感想的文字，或是生動有趣的貼圖。

其中最令筆者心有所感的，是一位曾在宦海中位居要津的學長寫道：「我將所有的心力貢獻國家，最後以政務官退休。如今，我真的累了，乏了，沒有心力再力挽狂瀾，只能含恨終老。」這一段話，特別是結尾四字，悲憤之情，溢於言表，讀來亦讓人頗感悲涼！

另有一位專程從舊金山返台投票兼治病的老同事，日昨傳來一張寓意深長的貼圖，近景是一位眉目清秀、身穿運動服的女子，騎著一輛白色鐵馬，在和風習習下，漫遊於林間小道；遠景除藍天白雲外，觸目皆是青山綠水。其上題有如下字句：「不管是昨天今天明天，只要你健康，就是最美麗的一天」，可說點出了穩住人生下半場的關鍵課題。

一段發自內心的文字、一則生動有趣的貼圖，兩者表面上看似互不相及，卻可能是以不同的表達方式，反映了相同的心境而已。因而聯想到，俗話說：「人生沒過不去的坎，只有轉不過的彎」，話講得輕鬆，但實踐於現實生活，誠非易事，蓋因轉彎之道，必是存乎一心，亦即往往取決於對生命的態度與高度。

筆者個人學養不足，囊中並無可以度人的金針，然而，這些日子倒常想起大學國文老師導讀《莊子》時，曾對「相濡以沫，不如相忘於江湖」一語，多所演繹。只是當時自己正值意氣風發的年紀，對道家倡導一切回歸自然，擺脫紅塵牽掛，追求心靈解脫，逍遙度日的理想，儘管內心有一種浪漫的嚮往，實則對其學說的深意，卻是一知半解，不甚了了。

如今走過人生的高山低谷，穿越幾多風風雨雨之後，這才慢慢領悟，單單練就「行有不得，反求諸己」的基本功，仍不足以從容面對生命中的挫折和磨難，也無法安頓生活中現實與理想之間的落差，或許，更有效的對應方式，是努力調整自己的心態，以更豁達超脫的態度，學習放下我執，學習淡然看待世道變幻、人情冷暖。

當然，朋友間遇有共同的難處或不快，相互安慰扶持，自應算是一種「相濡以沫」的常態，不過，若談再進一步，畢竟你我是凡夫俗子，呵護情誼唯恐不及，何能奢言效法掙脫乾涸之地的游魚，重回煙波萬頃的湖海，怡然自得於天地之間，而彼此「相忘於江湖」呢？

儘管如此，值此開春之際，究竟要如何收拾破碎的心情，認真面對來年，才不會一個轉身，又讓一歲的疊加，最後竟交了白卷？說來，任何人到了某種年紀，對時光流逝的無情，無不有切身之感，尤其是當你讀到《聖經詩篇》所言，世人「所矜誇的，不過是勞苦愁煩，轉眼成空，我們便如飛而去」，能不「於我心有戚戚焉」嗎？

事實上，此類有如暮鼓晨鐘般的警世話語，自是無計其數。舉例而言，以寫《牧羊少年奇幻之旅》一書，享譽國際的巴西小說家科爾賀（Paulo Coelho）就曾如此提醒人們：「有一天，當你一覺醒來，才驚覺自己已沒有時間去做以前你一直想去做的事了，因而，要做現在就去付諸行動吧！」

科爾賀要言不煩，一語道破人生會有「時不我予」的追悔。類似的哲言雋語，可謂所在多有，諸如美國文學家馬克吐溫（Mark Twain, 1835-1910）常被人引用下面這段話：「二十年後的今天，令你抱憾不已的，不是你已做之事，而是你未做之事。所以解開帆索吧，揚帆駛離避風港，乘風破浪，去探索，去夢想，去發現！」

不消說，將船隻長期停泊在安全的港灣，必難實現挑戰自我、壯遊四海的人生夢想。馬克吐溫是被譽為「美國文學之父」的多產作家，所寫的《湯姆歷險記》、《頑童流浪記》等名著，舉世風行，堪稱為西洋文學的經典。上述他講的這番話，不僅是他對生活的深刻體悟，而且恐怕也是他自己的人生寫照。

其實，追夢貴及時，以免悔之晚矣的道理，又有誰不能說得頭頭是道？惟世間男女「坐而言」者眾，「起而行」者寡，這恐怕也是芸芸眾生的通病，無足為奇。文學家洞燭人性與世態，故能說出如此激勵人心之言。

新歲伊始，人們每因關心「家事、國事、天下事」，內心一片糾結，筆者亦不例外，因而憶起莊子、科爾賀、馬克吐溫之言，不過，我還想到非裔美國女詩人瑪雅安吉洛（Maya Angelou, 1928-2014）的話：「我的人生使命，不僅是活下去，而且要活得生氣勃勃，帶著熱情、愛心，以及幾許幽默和格調。」

也許，你我永遠無法真正進入莊子所揭示「相忘於江湖」的人生境界，但若能始終不忘尋夢的初心，珍惜諸多美好的情誼，且彼此能「相憶於江湖」，末了回首失去的歲月，縱使不是「也無風雨也無晴」，卻也不至於追悔莫及，抱憾終生了吧！

當我們讀到李義山

「此情可待成追憶，只是當時已惘然」的詩句，

讀到葛林、馬嘉珞筆下的愛情故事，

我們應該感到些許的安慰，

因為，我們知道古往今來有無數人跟我們一樣：

祈求過同樣的神，仰望過同樣的星星，

遭遇過同樣的折磨。

不孤單的盡頭

在網路拍賣站上，偶然看到一本英國作家葛蘭葛林（Graham Greene, 1904-1991）的小說《愛情的盡頭》（*The End of the Affair*）初版本，起價僅美金二十塊錢，令人心動，原想參加競標，事情一忙，竟失之交臂，為此耿耿於懷了好幾天，像是錯過了一次跟久別老友聚首的機會。

葛林這本小說在一九五一年出版之後，立即引起書評家的注意，各方評價雖然兩極化，但半世紀以來，它在英語世界裡一直受到廣大讀者的熱烈迴響，卻是不爭之事實，得過諾貝爾文學獎的美國作家福克納（William Faulkner, 1897-1962），對此書也推崇備至。《時代》雜誌甚至以該書作封面報導，聳動的標題竟是：「外遇可以通往聖徒之境」，真可謂語不驚人死不休。

前幾年，以編導《亂世浮生》（*The Crying Game*）贏得奧斯卡最佳原創劇本獎的尼爾喬登（Neil Jordan），獨具慧眼，禮聘現今好萊塢演技派的茱莉安摩爾（Julianne Moore）等熠熠紅星擔綱，將《愛情的盡頭》忠實地搬上銀幕，成為愛情文藝悲劇片的一部經典之作，也掀起探討婚外情、現代社會男女關係的另一波高潮。

故事並不複雜，但三角戀情所造成的愛與恨、嫉妒與矛盾、忠誠與背叛、救贖與信仰，交織在當事者的內心，也使情節的推進獲得扣人心弦的動力。

背景是二次大戰期間日夜遭受空襲的英國倫敦，有夫之婦莎拉因丈夫忙於事業，忽視其存在，乃跟小說家莫利斯在漫天的戰火中墜入情網，經常祕密幽會。有一次兩情繾綣之後，又逢空襲，兩人來不及走避，房屋中彈，莫利斯受傷倒地，奄奄一息。莎拉驚恐萬分，在百般無助之下，跪在床邊祈禱，懇求上帝垂憐，並發重誓承諾，男友若能大難不死，她願斬斷孽緣，從此跟他分道揚鑣。

就在莎拉喃喃禱求時，莫利斯悠悠醒轉，搖搖晃晃地來到情人面前。莎拉見狀，內心既高興又哀傷，對她而言，無所不能的上帝確實顯現奇蹟，回應了她的要求，而身為卑微凡人的她能不信守誓言嗎？

莫利斯不明究理，對莎拉突然絕情疏遠，很不諒解。但兩年後，兩人重逢，舊情復燃，莎拉無法克制自己的情慾，打破了對上帝的誓約。不久，莎拉病倒，藥石罔效，終於含恨以終，也讓愛情走到了盡頭，而這樣一種結局，似在暗示，天道縱然恢恢，但欺瞞上帝的人，終究無法得到寬貸！

無可否認的，故事結局的安排就算不是什麼因緣果報的「迷信」，宗教意味也相當濃，不少外國文學批評者都認為葛林是一個宗教情懷很深的作家，的確是有憑有據的說法。其實，他本身一直是一個虔誠的天主教徒，將信仰與愛情的衝突，及其所造成的人性掙扎，作為他筆下現成的題材，並非意外。不過，《愛情的盡頭》之所以如此生動感人，主要原因是，故事並非完全出自杜撰，而大體上是根據作家自己親身經歷的感情事件。

葛林在四、五〇年代，曾與一位已婚婦人過從甚密，兩人的關係大約維持了十二年之久。這位紅粉知己，名叫凱瑟琳華絲頓（Catherine Walston），慷慨多金，是美國人。若想了解彼二人的關係，我們用不著費神去讀葛林的詩作或已披露的信件，單從英國版的《愛情的盡頭》，扉頁上註明是獻給「C」，而美國版就直接標明獻給「Catherine」，即可見出作家有其難以自拔的深情，故能在愛情的道路上，突破世俗的框架，不畏人言地顯露其勇敢的一面。

想像中，作家大半都是能言善道、辯才無礙之輩，而葛林在其同儕的記憶裡，卻是一個沉默寡言、好學深思之士。他可以在二十世紀的英國文壇占有一席之地，作品中所展現的思想厚度，自非一般言情小說作家所能望其項背。他講過不少常被人引用的話，其中最離經叛道，卻很耐人尋味的一句是：

「對任何人而言，真理從來就沒有過真正的價值——它只是數學家與哲學家所追求的象徵。就人際關係來說，善意與謊言抵得上一千個真理。」（The truth has never been of any real value to any human being – it is a symbol for mathematicians and philosophers to pursue. In human relations kindness and lies are worth a thousand truths.）

衛道人士聽到這種論調，不免要大皺眉頭，然而，我們要曉得，葛林也說過一些鼓舞人心、正面切入人生核心問題的話，例如：

「如果你已放棄一個信念，千萬不要放棄所有的信念。對於我們失去的信念，總會有替代的選擇。抑或，那會不會是相同的信念，只是隱藏在另一個面具之下？」（If you have abandoned one faith, do not abandon all faith. There is always an alternative to the faith we lose. Or is it the same faith under another mask?）

葛林雖與凱瑟琳長久暗通款曲，但兩人始終未結成連理。作家身為天主教徒，對教會的戒律了然於胸，內心天人交戰的掙扎與煎熬，可想而知，難怪他會講出如下的肺腑之言：「絕望，是一個人為自己設定一個不可能的目標所要付出的代價。人們說，這是難以饒恕的罪，但卻是墮落或邪惡之徒所絕不會犯的罪。」（Despair is the price for setting oneself an impossible aim. It is, one is told, the unforgivable sin, but it is a sin the corrupt or evil man never practices.）

話中顯示作家深刻的自省，也隱然表達了他對自身錯誤行為的開脫。的確，一個人偏離社會軌道的言行，往往不易取得外界的寬容，但若連他本身都想不開，甚至不願給自己幾分寬容的話，生命的空間就很狹窄了。

在現實的生活中，葛林可以對自己的感情問題稍予寬待，然而，在小說《愛情的盡頭》裡，他卻未敢大膽地安排違反誓言的女主角「逍遙法外」，不受任何懲罰。莎拉的玉殞香銷，讓萬千讀者心有戚戚，多所不忍，而此一結局實有其必然，因為，藉此作者一方面表白了對個人宗教信仰的忠誠不貳，另一方面也對人生的無奈與宿命發出沉痛的吶喊。

這種如遭「天譴」般的愛情終局，不免讓人有似曾相識之感。讀過澳洲女作家馬嘉珞（Colleen McCullough, 1937-2015）的暢銷名著《刺鳥》（*The Thorn Bird*）的人，應該還記得女主角麥姬與擔任神職的洛夫苦戀一生，他們唯一的一次私會，讓麥姬得以瞞著洛夫懷孕，產下愛情結晶丹恩，成為她生命中最大的安慰與精神寄託。丹恩長大之後，一心嚮往宗教生活，不顧母親的再三勸阻，堅決獻身教會，當一名傳教士。

丹恩有一次到希臘的克里特海邊度假，下水救人，不幸溺斃。麥姬為了運回遺體，跋涉羅馬求助時任紅衣大主教的洛夫，不得已之下，道出丹恩是其骨肉的殘酷真相。兩人傷痛之餘，這才恍然醒悟：上帝信賞必罰，恩怨分明，從祂那兒偷來的，祂也必將它收回。

神職人員必須終生守貞不婚，這是教會的戒律，也是對上帝的誓約。洛夫跟已為人婦的麥姬發生越軌行為，甚至還受孕生子，當然是欺瞞上帝、違背誓言的嚴重犯規。從宗教的角度而言，誠屬「是可忍，孰不可忍」！

然而，從你我凡人的角度來說，在愛情的世界裡，癡情男女不惜流血流淚、忍受世俗的鄙夷，至死無悔的付出，理應得到最起碼的諒解與祝福。猶記，讀大學時，教國文的老師曾厚成教授批閱了我抒發感情遭遇的作文，以紅筆寫下：「真情付與實意，良心交待善心，她若對你無情，你又何必捨命？自殺本是弱者，自怨更是頑冥，回頭是岸不晚，快快覺悟猛醒！」如今老師早已退休，並已移居澳洲，而他的諄諄教誨，事隔二、三十年，仍然點滴在心，每一念及，猶感師恩浩蕩。

這些年來，冷眼旁觀周遭不少朋友深陷感情漩渦，生活荒腔走板，難以自拔，對馬嘉珞在《刺鳥》結尾所說的一段話，益發佩服。她說，傳說中一生只唱一次歌的刺鳥，在樹刺插入胸中，吐出最後一個音符之時，並不知道自己生命將盡，但是，我們人類卻不一樣，「當我們把刺扎入胸口時，我們知道，我們了解，但我們依然如此，依然如此！」（But we, when we put the thorns in our breasts, we know. We understand. And still we do it. Still we do it.）

世間有情男女，走在感情的不歸路上，縱然有夜半無人共語的苦悶，縱然有面對盡頭的一天，但是，當我們讀到李義山「此情可待成追憶，只是當時已惘然」的詩句，讀到葛林、馬嘉珞筆下的愛情故事，我們應該感到些許的安慰，因為，我們知道古往今來有無數人跟我們一樣：祈求過同樣的神，仰望過同樣的星星，遭遇過同樣的折磨。

即使那是生命的盡頭，我們曉得，自己並不孤單！

文壇前輩沈從文先生在《廢郵存底》中說：

「上帝創造女子時並未忘記祂的手續，
第一使她美麗，
第二使她聰明，
第三使她同情男子。」

沈老所說的三點中，前兩點應無異議，
唯獨第三點，可能還有待男性同胞努力體會。

失去的肋骨

德國理財家博多·雪佛（Bodo Schäfer）所寫的暢銷書《億萬富翁的賺錢智慧》中，提到有一位女士寫了一本書名叫《關於女人，男人該知道的一切》，內容單薄，無礙其熱賣，不僅男性讀者搶購，女士們亦競相閱讀，作者乃大發利市，狠賺一筆。

雪佛以此一例證，說明創意行銷的重要，強調一個別出心裁的書名策略，往往就能先聲奪人，使書籍躋身暢銷行列。而更讓人覺得有趣的是，書名明明是直指男性，卻有聲東擊西的效果，誘使女性欲一探究竟，以求知己知彼。

女性之不易了解，古今無數哲人都有過同樣的感喟。其中飽受抨擊，亦最惹人爭議的，當然是《論語》中孔老夫子所說的「唯女子與小人難養也，近之則不遜，遠之則怨。」不少學者對這句話都做過詮釋，爭論不休，莫衷一是，不少國文老師對此話也都感到有點頭痛，站在現今男女平權的立場，很難為聖人這番話辯白到天衣無縫。

依照《聖經》的說法，造物主用六天的時間創造了天地萬物，第七天創造了亞當，又見其孤獨，趁他沉睡之時，取其肋骨創造了夏娃，讓兩人結為配偶。女人雖然是男人身上一根肋骨變的，所幸，這並不表示男人天生就應該比女人少一根肋骨。在十六世紀歐洲文藝復興與宗教改革期間，比利時就有一位好學深思的醫學家維薩里（Andreas Vesalius, 1514-1564）根據他的解剖實驗，發表《人體的構造》一書，指出男女的肋骨一樣多，都是十二對，二十四根。

維薩里想用實證的方法，去破解宗教的迷思，用心良苦，卻徒勞無功，君不見世間有多少癡情男子在情海中漂泊、煎熬，仍以「須作一生拚」的精神，苦苦追尋他那根失去的肋骨。

然而，從另一方面講，肋骨之說，無形中也給了許多大男人主義者牽強附會，視兩性為主從關係的藉口。百年以來，在女性意識的抬頭下，無數婦女精英，不甘淪為「次等公民」，奮臂吶喊，口誅筆伐，為男女平權立下汗馬功勞。

這些女性精英中，寫下曠世名著《飄》（*Gone with the Wind*）的米契爾女士

（Margaret Mitchell, 1900-1949），應是其中的佼佼者。沒讀過原著也不打緊，只要看過這部電影，對費雯麗所扮演的郝思嘉（Scarlett O'Hara），就不可能不留下永難磨滅的深刻印象。郝思嘉或許驕縱、自私、現實，但她的自信、堅毅，不願屈從於命運的個性，卻在柳眉橫豎、巧笑倩兮之間，展現無遺。

她那種我行我素、唯我獨尊的言行，好像她就是世界的中心，紅塵的一切，無不隨其運轉，我們從小說與電影結尾郝思嘉所說：「畢竟，明天又是另外一天！」（After all, tomorrow is another day!）實不難嗅出這位令男人又愛又恨的亂世紅顏對生命的奮進及信心。

米契爾女士在一九三六年完成其嘔心瀝血之作後，說過如此一段話：「如果說此書有什麼主題的話，那就是所謂的生存之道。為何有些人能大難不死，而其他顯然同樣能幹、堅強、勇敢的人，卻被擊倒？這種情形在每次人類的劫難中都屢見不鮮，總有人倖存，有人卻在劫難逃。那些成功掙脫苦難的人，究竟具有何種特質是失敗者所欠缺的？我只知道劫後餘生者常稱那種特質為『奮進』，於是，我就描寫那些具有奮進精神，以及那些欠缺這種精神的人所發生的故事。」

米契爾女士是美國南部亞特蘭大市人，這些年來，因公因私，我曾多次履足亞城，每次都想抽空走訪坐落於桃樹街九百九十號的米氏故居及紀念館，卻又莫名其妙地耽擱了下來。每次我都會在心中告訴自己：「下一回好了！下次再來此地時，說什麼也要一償宿願。」就這樣一再蹉跎，把一件反掌折枝般的易事，變成遙不可及的夢想。

米契爾女士鼓勵人們要以奮進的精神，超越現實環境的惡劣，走出人生的劫難。她筆下的郝思嘉，可不是任由他人擺布的弱女子，而是一個勇於挑戰傳統，處事乾脆俐落不讓鬚眉的女性。

令人感慨的是，米契爾女士本人雖然目睹人類如何在二次世界大戰中奮戰圖存，而她自己卻是在戰後不久的一九四九年八月十一日，被一個酒醉駕駛的計程車司機，超速撞成重傷，急救數日不治。人，可以憑靠堅忍走出劫難，有時卻逃不過無法掌控的人生意外！

再回來說米契爾小說中的女主角郝思嘉。她的美豔、聰慧，固然教無數男性俯首稱臣，但她身處風氣保守的美國南方社會，處理兩性關係的霸道，又未免有點矯枉過正，只是再度延長了亙古以來男人與女人之間的衝突跟矛盾，並未以身作則地樹立一個男女相知相惜、相互扶持的典範。

或許，我這樣講也未見得公平，男女之間的相處之道，原本就無任何放諸四海皆準的標竿，兩性關係所仰靠的基礎力量，說來仍是了解與默契而已。

十年前，我曾買過一本書名為《我愛她，但是……》（*I Love Her, But...*），封面上標明「限男性閱讀」。我不曉得這會不會是出版社的招徠之術，目的在吸引女性讀者也來購買，但這本全是男性「抱怨之詞」的閒書，的確給我帶來幾許幸災樂禍的快慰，會心處，往往還讓我忍俊不止，而這也再一次使我體認到，中西文化雖然千差萬別，但人性中的同理心，終究處處可見。

且讓我隨興摘譯其中數則，讀後或許你也會認為，縱然只是一面之詞，看起來，這年頭做男人也有不足為外人訴說的委屈與辛苦：

＊對她來說，綠燈代表前進，黃燈意指快行，紅燈意味稍微減速，看看附近有無警察，然後加速通過。

＊不管我們去什麼地方，她都希望我們穿得相似，顏色要相同不說，甚至襯衫、褲

子也要彼此搭配，就像雙胞胎一樣。

＊她會在半夜把我搖醒，告訴我她作了什麼夢。

＊她喜歡寫單子，要買的東西、要做的事情、要打的電話，全得寫單子。不在單子上的事，就不會去做。有一次，為了好玩，我把「性」這個字加在單子上，這可犯了大錯。如今非把此字列在單子上，否則就不能辦事。

＊我們的廁所裡一定要有兩個洗臉池，她把她的洗臉池保持得光亮鑑人，只為了凸顯我那個有多髒。她會警告進去的人，不要看我的洗臉池。

＊如果她找不到任何可以擔心的事，她會擔心自己是不是擔心得太多。

＊我們吃館子時，她喜歡用「法語」點菜，但就連法籍侍者也聽不懂她的話。

＊她比我大九歲，因此她把我們之間一切的衝突，都歸咎於我的不成熟。

＊她一生氣，就去買東買西，我不道歉，就得破產。

＊她過生日時，我送她一張聲明當她二十四小時「性奴隸」的禮券，她開懷大笑，說我很貼心。

＊她堅持要替我剪髮，這就是她省錢的辦法。

*她講話時，喜歡指手畫腳，就算開車時也不例外。你若坐得太近，難保眼睛不會挨上一記。

一般來說，男性好面子，並不輕易向人數落自家老婆的不是，有人甘冒大不韙，吐訴深藏內心的苦水及怨氣，也得要有幾分勇氣才行。

信手拈來這些大男人的悄悄話，看起來好像都是一些無關輕重、不足掛齒的瑣事，但人生似水的華年，原本不就是在這樣點點滴滴的生活小事中流逝？

有一次，好友跟我談起所謂的齊人之福，我半玩笑半認真地對他說，身為已婚的男性，也許我們都應該知足惜福，而且要千萬記住：當初造物主可是只取了亞當的一根肋骨而已！

「成人專在店鋪裡買現成的東西。
然而，世上並沒有可以買到友情的店鋪，
於是，人們不再有朋友了。」
這句「人們不再有朋友了」，是何等沉痛之詞！
無怪乎修伯里會語重心長地提醒：
「忘記朋友是可悲的，
不是每一個人都有過朋友。」

朋友，就是你送給自己的禮物

友誼是手杖，是燈。
我是綿綿而落的雨，你是輕輕滾動的風，風和雨交織起來，是我們生命中的美術，是我們完美的工程。

——楊喚

這是詩人楊喚在一封信中所寫的一段話，初次讀到它，我還是「少年十五二十時」的輕狂年歲，周遭的幾個「死黨」正是我個人青澀生命中不可或缺的要角。那時對這樣的話，雖然也有一種無以名之的感動，但人生閱歷畢竟太淺，潛意識裡總覺得友情跟親情、愛情一樣，何其理所當然。

二、三十年後，我落腳在美西舊金山討生活，假日常在書肆流連，某日在柏克萊一家舊書店看見一本小書，封面引用世界名著《金銀島》作者史蒂文生的話：「所謂朋友，就是你送給自己的禮物。」（A friend is a gift you give yourself.）

一時之間，竟被感動得心潮起伏。

其實，類似的感動也發生在當年我讀法國作家修伯里的《小王子》。猶記，書中說：「成人專在店鋪裡買現成的東西。然而，世上並沒有可以買到友情的店鋪，於是，人們不再有朋友了。」

這句「人們不再有朋友了」，是何等沉痛之詞！無怪乎修伯里會語重心長地提醒：「忘記朋友是可悲的，不是每一個人都有過朋友。」（To forget a friend is sad. Not every one has had a friend.）

乍聽之下，或許你不免感到納悶，懷疑修伯里是不是有點言過其實了。誠然，每個人的人生際遇不同，價值觀迥異，對人際關係的認知也可能南轅北轍。不過，我們在《約翰福音》第十五章第十四、十五節中，讀到耶穌對追隨他的門徒如此說：「你們若遵行我所吩咐的，就是我的朋友了」、「以後我不再稱你們為僕人，因僕人不知道主人所做的事。我乃稱你們為朋友，因我從我父所聽見的，已經都告訴你們了」，才知道耶穌曾把門徒視為朋友，由此可見，「朋友」一詞在主耶穌心目中的重要分量。

朋友的意義，除可在《聖經》中找到印證外，古往今來無數偉人、名人總結其生命經驗，亦無不肯定友情的價值與可貴，對交友之道，也提出不少擲地有聲，甚至教人拍案叫絕的精闢看法。筆者走出校門，在社會打滾這麼多年來，深感交友不易，但說來說去，「誠信」二字諒仍是編織友誼的金針。

記得，當年我在土城運輸學校受預官訓，結業時抽籤抽中「金馬獎」（到金門、馬祖服役），幾個好友商量好，休假完一起搭火車到高雄壽山候船。而另一同學蔡繼光要到台南二王報到，他家在沙鹿，約好同一天他在台中搭同班次火車南下，如此大家就可以把握下部隊前的最後相聚機會，好好聊聊。

就在出發前一天晚上，我接到同行李姓同學的緊急電話，說他父親認識壽山營區的指揮官，打聽出幾天內並無開往外島的船艇，已將我們這一票同學的名字報去，可以通融晚幾天去報到。同夥其他友人聞訊，無不喜出望外，欣然同意延期南下。

我想到同學蔡繼光在台中上車後，一定會著急地跑到每一節車廂找我們，若遍尋不著，豈不大失所望，乃毅然婉謝此一美意，第二天如期搭車南下，果真，如約在火車上與繼光把晤，從此開展一生互相扶持的金石情誼。我到外島後，兩人時有通信，彼此打氣，莫逆於心。繼光兄退伍後，在外語上不斷精進，成為國內頂尖的英語人才，一直是某大報編譯部門的台柱，也在大學教授新聞英語。

多年來，我在職場上結識了不少志同道合的朋友，也參加過無數次朋友之間各種場合的聚會，但任憑時光流轉，華年不再，那天在南下嗚嗚的火車氣笛聲中跟好友歡聚的一幕，始終縈迴心際，永生難忘。

朋友是每一個人一生的資產，這是許多人共同的生命體驗。四十多年前，我曾翻譯過一本談論友情的小書《友誼之舟》，由「爾雅」出版，市場反應不惡，先後印了幾十刷，亦足見友情在一般人心目中的重要地位。當時我與「爾雅」的負責人名作家隱地先生素昧平生，竟承抬愛，讓我感念至今。

朋友是每一個人一生的資產，這是許多人共同的生命體驗。

教宗方濟各如此寫說：

「讓我們銘記，樹葉的每一回變色，無不美麗動人，
生命的每一次境遷，無不有其意義，
兩者皆需清明的洞察力。
因而，切莫怨天尤人，且讓我們牢記於心，
痛苦是活著的標記，困擾是我們堅強的標記，
祈禱是我們並不孤單的標記。」

走過綠意

希望之所以重要，是因為它能使當下較易負荷。如果我們深信明天會更好，那麼我們就能承擔今日的艱辛。

——國際精神領袖一行禪師

打從新冠肺炎病毒如秋風掃落葉般，肆虐全球以來，友朋平日的聚會紛紛喊卡，即使相約碰頭，往往三句話不離疫情，言談間不時流露出憂心忡忡的神色。而筆者多次在街頭藥局前長長的人龍中排隊搶購口罩，也目睹男女老少個個眉頭深鎖，一副表情凝重的樣子。

見微知著，此亦足以看出疫情的緊繃，對一般人生活所產生的影響，以及在人們心理上已造成不輕的壓力。再如，距離寒舍不遠處的巷口，有一間不甚起眼的土地廟，其量體之小，相較於全台最大的土地廟福安宮（坐落於恆春半島的車城鄉），簡直有如雲泥之別。

然則，這一陣子，它卻突然香火旺盛起來，經過的街坊鄰居或路人，每每駐足就地合掌膜拜一番。日前，七早八早，我親眼看見一位穿著西裝革履、風度翩翩的中年男士，把高檔轎車暫停於路旁，走到廟前，恭敬地面朝供奉在內的土地公，鞠了三個躬，他囁嚅著嘴唇，似在有所祈求。

說來，土地公是台灣民間極為普遍的信仰之一，屬於鄉里的保護神，其神格位階雖說不高，卻是最具親和力的神祇。前述那些來來往往的參拜者，亦未見得全是佛教或道教的忠實信眾，不少人只是抱著「寧可信其有，不可信其無」、「有拜有保庇」的心態，求取神明的護佑，以消災解厄，出入平安。

就我個人而言，多年來一直都是在週日上午，前往教堂參加主日崇拜，不過，最近因疫情持續升溫，教會的實體聚會活動乃告中斷，取而代之的是現場連線直播。儘管如此，拜時下手機通訊軟體之賜，教友之間彼此打氣鼓勵，以及互通對信仰的體悟，倒是日有數起，絡繹不絕。

其中，多位友人竟不約而同的，熱心傳來現任教宗方濟各（Pope Francis）所寫的一篇文章，其文字深入淺出、雋永生動，讓人不由誦讀再三，很受感動。

筆者特別喜歡的幾句話，是如此寫的：「讓我們銘記，樹葉的每一回變色，無不美麗動人，生命的每一次境遷，無不有其意義，兩者皆需清明的洞察力。因而，切莫怨天尤人，且讓我們牢記於心，痛苦是活著的標記，困擾是我們堅強的標記，祈禱是我們並不孤單的標記。」

這位心懷悲憫之心的宗教領袖，洞燭世人苦難和憂慮的所在，故能對症下藥，以極其淺顯易懂的語言，為沉淪苦海的芸芸眾生指點迷津，破解凡夫俗子心中的迷惘。而教宗之文，也不禁教我憶起，多年前在網路上收看美國著名電視節目主持人歐普拉（Oprah Winfrey），跟國際級精神領袖一行禪師（Thich Nhat Hanh）對談的情形。

兩人提及人生在遭遇風風雨雨、受苦受難之時，究竟該抱持怎樣的態度，以及如何自處呢？一行禪師的回答大意為，苦難猶如爛泥，而「香遠益清，亭亭淨植」的蓮花，並非生長在漂亮的大理石上，而是植根於爛泥之中，成長在爛泥之上。這也就是說，我們要善用自己的苦難，以培養出對事理的通達，以及對人的善意與愛心。

在此次電視訪談中，被尊為當代心靈導師的一行禪師，雖然強調要把苦難視為成長、茁壯的養分，可是，他也奉勸世人要努力活在當下，想辦法過好每一天，不可終日惴惴難安，煩惱明天的事。對此，他還向歐普拉引述了《聖經馬太福音》六章三十四節：「不要為明天憂慮，因為明天自有明天的憂慮，一天的難處一天當就夠了。」

稍微琢磨一下即知，一行禪師這番話，適可作為教宗文章的最佳註腳，且其以物喻人的生動點化，也頗能啟發人心。而在禪師的著作中，他亦曾勉勵世人在遭遇苦難時，永遠要懷抱希望，他說：「希望之所以重要，是因為它能使當下較易負荷。如果我們深信明天會更好，那麼我們就能承擔今日的艱辛。」

至於教宗所言「祈禱是我們並不孤單的標記」，這當然是稍有宗教情懷的人都能心領神會的話語。然而，祈禱倒不一定是有所求，以我個人為例，高中時代，就固定去天主教「聖家堂」慕道，經常獨自在寂寂無人的大堂中靜坐或默禱。彼時正值「少年不識愁滋味」的青澀年紀，祈禱時心中一片空靈，卻不覺孤單，甚至會有一種無名的平安感。

等我走過人生一大段路後，讀到英國十九世紀文學家兼神學家金斯萊（Charles Kingsley, 1819-1875）的語錄，這才進一步領悟到，那種似有聖靈陪伴的平安感，實是其來有自。金斯萊的話是這樣講的：「你所要去的地方，不是一片黑暗，因為神就是光；那裡並不孤寂，因為基督與你同在；那裡並非未知的國度，因為基督就在那兒。」

走筆至此，猛然想到，日前參加邱傑老師插畫展的戶外開幕式，當兩位音樂家在台上演奏〈走過綠意〉（Through the Arbor）一曲時，儘管帳篷外春雨淅淅瀝瀝，悅耳動聽的旋律繚繞耳際之時，腦海中乍現的情景乃是，一度迷途在幽暗森林中的旅人，眼前豁然開朗，終於尋覓到出路，走入一望無際青翠的原野。

一首鋼琴曲都能有如此不可思議的魔力，更甭說教宗方濟各和佛門大德一行禪師等人的開示之言，當更能撫慰人心，帶領世人走過綠意，讓人重新燃起對生活的希望，感受到人生的美好，進而發現，在生命的棋局裡，你我仍然擁有許多彌足珍惜的可能！

黎巴嫩詩人紀伯倫曾如此寫道：

「在每個冬天的心中，都有一個顫抖的春天，

在每個夜晚的面紗背後，都有一個微笑的黎明」，

因而，當我們說「明天會更好」，

那絕非是一種預言，而是堅定的信念跟信心！

明天會更好

去歲年終，筆者綁約兩年半的手機門號到期，為了辦理續約，特地抽空跑了一趟中華電信門市。服務人員一眼瞧見是老爹級的民眾登門，噓寒問暖，態度親切，還主動提到，我以民謠〈白髮吟〉作為「來電答鈴」（別人打電話給你時，他在電話那端首先聽到的聲音），已採用多年，不妨考慮換成另一首輕快的歌曲，好讓親友們一新耳目。

我對臨櫃人員的熱心提議，略感詫異，但亦了然於胸，畢竟彼此是不同世代的人，很難跨越感知上的鴻溝。當下我見顧客寥寥無幾，就解釋說，這首歌不僅旋律動人，歌詞如：「親愛我已漸年老，白髮如霜銀光耀，可歎人生如朝露，青春少壯幾時好，唯你永是我愛人，永遠美麗又溫存」，字句之間未見激情，卻生動地表白了此生不渝的情愛，令人聞之動容。

此外，值得一提的是，〈白髮吟〉原是一首道地的英文歌〈金中的銀線〉（Silver Threads Among the Gold），由美國音樂家丹克斯（Hart Pease Danks, 1834-1903）於一八七三年作曲，同時期的美國詩人、福音歌詞作者雷斯福（Eben Eugene Rexford, 1848-1916）填詞，而中文版的歌詞，大致是根據英文原文所譯成，惟譯筆「信雅達」三者兼備，實在教人佩服譯者功力的深厚。

猶記，筆者年輕時負笈華府念書，在友人家第一次聽到美國樂壇巨星平克勞斯貝（Bing Crosby, 1903-1977）所灌錄的這首英文歌，就被他低沉渾厚的磁性嗓音所深深吸引，內心很受感動，只是彼時距離自己走到朱顏盡改、兩鬢飛霜的人生階段，還很遙遠，如今再聽此曲，心境自是截然不同，大有「初聞不知曲中意，再聽已是曲中人」的感慨了。

話到此處，無須贅言，讀者應可猜到我並未更改「來電答鈴」的音樂，不過，我倒是把「手機鈴聲」（他人來電時，自己手機響起的聲音）做了調整。由於個人對王昶雄寫詞、呂泉生作曲的台語歌〈阮若打開心內的門窗〉一直情有獨鍾，十多年前首次使用智慧型手機，就下載了此曲，作為百聽不厭的來電鈴聲。

此次手機續約，或許是福至心靈，或許是抵不住連續幾波寒流來襲，厚重的冬衣盡出，自身還感冒了好一陣子，因而內心企盼春臨大地、氣溫回暖之日早點到來。於是，我就請櫃檯人員幫我把手機鈴聲改成經典名歌〈明天會更好〉。須知，當時尚未傳出新冠肺炎的疫情，自然我也就沒有那種凌晨去便利商店搶購口罩，或在藥局門口苦苦排隊的特殊生活經驗。

說來這首發行於一九八五年，而傳唱至今的〈明天會更好〉，應是走過上世紀八十年代的國人最耳熟能詳，隨時可以哼上兩句的歌曲之一，也可說是台灣樂壇史上最具公益性質的勵志曲目。平心而言，在無數華語流行歌曲中，能如此振奮人心、溫暖人心的作品，可謂少之又少。

尤為難能可貴的是，當年攜手錄製此曲的六十餘位歌手們，皆能抱持為社會貢獻一己之力的情操，捐棄個人私心，不計較排名，不在意演唱歌詞的多寡，甚至只擔任合音的角色，亦在所不惜。此一植基於崇高理想的合作模式，在華語世界中不僅前所未見，恐亦永難翻版。

不過，類此樂壇義舉，同樣發生在歐美其他國家。例如，在一九八四年十一月，英國數十位歌手為援助非洲衣索比亞等地的饑民，聯手灌製了單曲〈他們知道現在是聖誕節嗎〉（Do they know it's Christmas），立獲熱烈迴響，唱片單單在英美兩地就熱賣了三百二十餘萬張。

美國樂壇見此，不甘落人於後，緊接於一九八五年二月間，也號召四十五位歌星齊聚於洛杉磯，灌錄了取名為〈四海一家〉（We are the world）的單曲，一時舉世風行，佳評如潮。聽過這首歌的人，必然難忘歌中有十多位唱將輪番上陣，主唱如下的歌詞：「四海如一家，我們都是神的兒女，打造光明的未來要靠你我……，我們一定可以創造更美好的明天，就靠你與我。」

這些藝人各展歌喉，一再唱出相同的祝願，同心集氣的力道，再強烈不過，而台灣的〈明天會更好〉一曲末段，也五度重複如下的歌詞：「唱出你的熱情，伸出你雙手，讓我擁抱著你的夢，讓我擁有你真心的面孔，讓我們的笑容，充滿著青春的驕傲，讓我們期待明天會更好。」

仔細想來，我之所以將此一極具正面能量的歌曲設定為手機鈴聲，並非在自我催眠，而是讓它在我日復一日貧乏無味的生活中，不斷喚起一種堅定的信念，那就是凡事只要盡己之心，種種不順及磨難必將獲得改善，明天也必定會有更美好的事物發生。

立春已過，冷鋒仍接踵而至，肺炎疫情也未見趨緩，人們心中的苦悶可想而知，然而，你若想到以寫《百年孤寂》、《愛在瘟疫蔓延時》馳名於世的哥倫比亞文學家馬奎斯（Gabriel Garcia Marquez, 1927-2014）的話：「即使在不幸的風吹襲時，令人驚喜的事情仍可能發生」，不知是否能重新燃起你對生活的熱望？

也許你也曉得，黎巴嫩詩人紀伯倫（Kahlil Gibran, 1883-1931）曾如此寫道：「在每個冬天的心中，都有一個顫抖的春天，在每個夜晚的面紗背後，都有一個微笑的黎明」，因而，當我們說「明天會更好」，那絕非是一種預言，而是堅定的信念跟信心！

輯四

浮生了了文物情

作為一個文物收藏家，
若能做到像梁任公先生所提倡的
「一切以興趣為依歸」，
不理會市場的消長及時尚的趨向，
必能心安理得，無怨無悔，
有時反因「逆勢操作」、「讓藝術歸藝術」，
而有意想不到的收穫。

「台灣文獻」與林琴南

老母親五十年前隻身帶著五個兒女倉皇逃離家鄉，定居台灣。她年登耄耋，不良於行久矣，而且也早已不聞「世事」，但這次「三合一」選舉投票，她卻堅持「披掛上陣」，助其心目中的候選人一臂之力。當她在兒孫攙扶下蹣跚踏入投票所，顫巍巍地領票、圈票，以及完成投票「壯舉」後，我的眼睛不禁潮潤起來，真不知是什麼樣的「省籍危機感」，促使老人家挺身而出，要用選票來表達內心沉痛的抗議。

近幾年來，台灣本土意識發燒，政治上如此，藝術界亦受衝擊，省籍前輩藝術家的畫價不斷攀高，而受到市場排擠效應的影響，老一輩外省畫家的作品則備受壓抑，「渡海三家」中僅張大千當紅不墜，黃君璧與溥心畬的畫作，除非是精品，已不再搶手，至兩蔣時代的「紅頂畫家」高逸鴻（經國先生曾拜其為師學國畫）、馬壽華、張穀年等人的作品，價格節節敗退，幾已到乏人問津的地步。人們常批評政治是冷酷無情的，其實，藝術市場的無情，往往更有過之而無不及。

現實藝術市場的反覆無常，固然令人感嘆，但作為一個文物收藏家，若能做到像梁任公先生所提倡的「一切以興趣為依歸」，不理會市場的消長及時尚的趨向，必能心安理得，無怨無悔，有時反因「逆勢操作」、「讓藝術歸藝術」，而有意想不到的收穫。筆者以外省第二代「新台灣人」的身分，二十多年前，即開始收藏「台灣文獻」的書畫，就是一個很好的例子。

所謂「台灣文獻」，乃是書畫市場一種籠統的流行用語，略指延平郡王鄭成功入台以後及至清代、日據時代計約三百年間與台灣有關的名家作品。這些名家並不限於本土出生的藝術家（如林朝英、鄭觀圖、林覺），舉凡內地來台的仕宦（如沈葆楨、劉銘傳、唐景崧）、流寓此間的騷人墨客（如郭尚先、呂世宜、謝琯樵、林琴南、陳蓁）均可列入。

年輕時，我之所以注意到「台灣文獻」的東西，絕不是因為自己有先見之明，洞察本土意識終將抬頭，相關的藝術作品必會水漲船高。引領我進入此一收藏領域的緣由無他，乃是林琴南所翻譯的一本小說《巴黎茶花女遺事》。

法國小說家小仲馬（Alexandre Dumas, 1802-1870）的名著《茶花女》，發表於十九世紀中葉，半個世紀後，也就是清光緒二十五年（一八九九年），中國才有了林琴南的第一個中譯本。林氏福建福州人，原名紓，字琴南，號畏廬、冷紅生。他三十一歲中舉，終其一生都以寫書、譯書、教書、鬻畫為業，未做過清朝一天官。林琴南精通古文、經學，公認是桐城派的殿筆，他雖不懂任何一種外國文字，卻在清末民初先後以文言文翻譯了二百多部外國小說，這是他一生最傳奇的一頁。

林琴南不諳外語，譯書自然須靠通曉外文的朋友在旁口譯，當時又無錄音機，困難重重之處可想而知。他譯《茶花女》，幫忙口譯的是留法學人王壽昌，至翻譯英美小說，大部分是靠友人魏易（魏景蒙先生之尊翁）的協助。林琴南這種翻譯方式，被稍後許多從事白話文運動的學者攻擊得體無完膚，但平心而論，在那個時代，他能開風氣之先，大量引進西洋文學作品，介紹西方社會的情況，不僅開拓國人視野，儆醒國人不能坐井觀天、唯我獨尊，並打破中國舊小說的格局與傳統，促進了中國現代小說的興起與發展，林氏的貢獻豈能被輕易抹煞？

當年我拜讀林琴南所譯小仲馬的《茶花女》之後，大感震撼，對林氏能以典雅的文言文傳譯西洋小說，由衷佩服，後來我發現他還是一個與台灣淵源很深的國畫家，就開始注意收藏他的畫作，連帶陸續購進屬於「台灣文獻」的謝琯樵、鄭觀圖、王亞南、何丹山、陳蓁等名家的作品。彼時黨外運動尚在萌芽，本土意識亦未成主流，此類不屬中原地帶的文化財，市場性不強，價格之低廉，實非今日所能想像。

林琴南是文學家、翻譯家，這是現今許多人都清楚的事，但知道他也是一代丹青妙手，甚至魯迅初入北京時還曾慕名到琉璃廠尋訪林氏畫作的，恐怕就不多了。根據考證，林琴南大概是在二十三歲時拜福建老畫家陳文臺為師。陳氏號石顛山人，為福建畫壇巨擘謝琯樵的入室弟子，他盡得師傳，課徒時常強調：「無法固不可，泥法亦不可，所貴在有法無法間耳。」林琴南學畫非常認真，即使在得了嚴重的肺病，亦不肯放下畫筆。石顛山人晚年窮困潦倒，林琴南不忘師恩，經常暗助錢糧，其尊師重道的精神，實在令人欽佩。

林氏的山水畫，技法嫻熟，布局嚴謹，題詩多為自作，很少抄錄前人現成的詩文，再加上他的書法遒勁挺拔，功力深厚，堪稱「詩、書、畫三絕」，很能顯現中國文人畫的特質與意境。筆者收藏有他的一幅山水，其上題詩云：「釣竿日拂蕭蘆花，隨地停橈即是家，不向朝端求肉食，長年但願足魚蝦」，略可看出林琴南澹泊明志、不忮不求的文人情懷。

林琴南五十四歲那年，應聘於北京「京師大學堂」（即北京大學之前身）教授經學與古文，居京時間長達二十載，其間從未履足台灣，但其父林國銓曾長期在台經商，叔父林國賓、弟弟林秉耀先後客死台島，而林琴南本人十多歲時亦隨父來台三年，他對台灣乃有特殊的感情及第一手的觀察，對此間的風土民情體驗之深，當非彼時短期流寓台灣的人士所能比擬。

今日尋訪「台灣文獻」作品的收藏家，把林琴南這位「外省人」的字畫視為拱璧，足見其作品在省籍人士心目中，亦有其舉足輕重的分量，故就此意涵而言，「台灣文獻」的概念，似乎要比最近喧騰一時所謂的「新台灣人主義」，具有更寬廣的包容性。

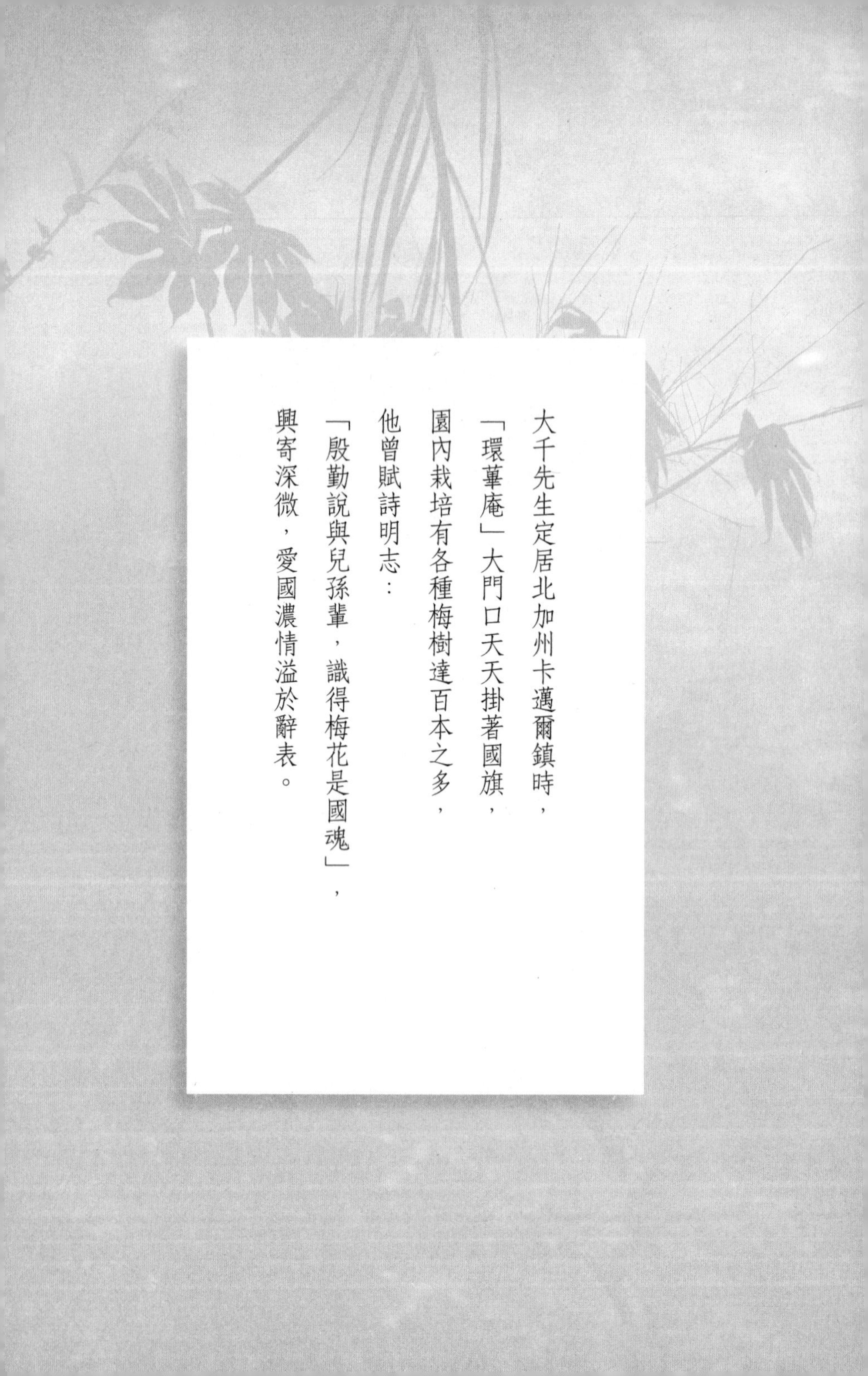

大千先生定居北加州卡邁爾鎮時，
「環蓽庵」大門口天天掛著國旗，
園內栽培有各種梅樹達百本之多，
他曾賦詩明志：
「殷勤說與兒孫輩，識得梅花是國魂」，
與寄深微，愛國濃情溢於辭表。

都是「上款」惹的禍

台北故宮博物院刻正舉行「張大千先生百年紀念展」，精品盡出，大師早中晚期各階段代表作兼備，令人大開眼界，歎為觀止，而參觀者若稍加留意畫上「款識」情形，當不難發現其中約半數落有「上款」（即畫上落有受畫者的大名或字、號，因須題於畫家姓名的上方，故稱「上款」），當然這些畫作中有些已幾經易手，現在的擁有者多數並非上款所顯示的那位畫主，人事滄桑，是宿命也是因緣，「物」又豈能獨免？

大千先生為一代藝壇盟主，生前各方求畫者絡繹於途，應接不暇。他生性慷慨豪爽，總是有求必應，一生贈送親朋友人的畫作難以計數。對於有人將其所贈的墨寶變賣圖利，他也以體諒之心，淡然視之。他認為，畫既出門，已屬他人之物，若能變現救急，未嘗不是一件好事。筆者當年旅居舊金山時，曾聽張大千友人茅承祖先生談起：大師卜居「環華庵」（位於舊金山以南約兩小時車程的卡邁爾鎮）期間，有一天進舊金山市遊覽，午後就落腳於粵籍畫家林清霓在「唐人街」開的畫廊，正在房內閉眼小憩時，就被一陣爭吵聲驚醒，追問之下，才知是房東登門催討房租。大師眼見朋友身陷窘境，當下就索來紙筆完成一張畫交林清霓換錢償債，此畫因意義特殊，立時被人搶購而去，也解除了林君的燃眉之急。

一般認為，畫家贈人以畫，雖無筆潤進賬，但至少能廣結善緣，最不濟也不致惹禍上身吧。偏偏世事難料，大千先生就曾嚐過這方面的苦頭。

傳言大千先生曾於大陸淪陷之際，送過毛澤東一張畫，消息傳到台灣，層峰至為不悅。據今年已高齡九十四歲之黨國先進蔡孟堅老先生親口提起，先總統蔣公聽說他與大千先生頗有交誼，還特地把他找來告誡一番，說什麼張大千這個人與大陸有往來，少跟其接近為妙。蔡老後來被派到日本工作時見到大千先生，問起個中情由，張氏始把自己蒙冤情形道出。原來大約是在民國三十八年春，大千先生滯留香港時，受何香凝（一八七九—一九七二，黨國元老廖仲愷妻室）之託，畫過一幅荷花送何之友人，「上款」落為「潤之先生」，當時他也未察覺有啥蹊蹺，事後聽聞「潤之」乃是毛澤東的字，心中這才忐忑起來，深怕此畫之「上款」有一天會給自己帶來一場含冤莫白的「文字獄」。

蔡老當時頗受知於蔣公及蔣夫人宋美齡女士，利用返國述職之機會，婉轉報告張氏的委屈，終獲層峰的諒解。大千先生其後回台，得蒙蔣公及夫人召見，備受禮遇，此與蔡老與張群等至交在背後美言譬助，為其擺平贈畫予毛澤東的風波，乃有直接關係。

故事講到此，也許更教人好奇的是，究竟張氏那張荷花圖是否真的送給了毛澤東，抑或所謂的「潤之先生」實另有其人？

大千先生於一九八三年去世迄今，匆匆已十五個春秋，其間台北坊間陸續也出版過幾本他的傳記及年譜，或許是受限於時空背景因素，有關張氏是否曾送畫給毛澤東，未見有人多所著墨，但可想而知，大陸方面對此事的處理就不同了。一九八八年北京「中國文史出版社」所出版的《張大千生平和藝術》一書，收錄有張心智與苑仲淑合撰的「張大千年譜」，內中對一九四九年（己丑年，大千先生五十一歲）的記載是這樣的：「三月，在香港舉辦畫展。為毛澤東主席繪製『荷花圖』，由何香凝女士轉交。」

年譜作者張心智，為大千先生的次子。按張氏家譜輩分排次計二十字：「正心先誠意，國治本家齊，溫良恭儉讓，子孫永保之」，張大千是屬「正」字輩（原名張正權；二哥張正蘭，又名澤，字善子，為近代畫虎名家；四哥張正學，字文修，為四川著名中醫），其子女屬「心」字輩。苑仲淑則為張心智的夫人，曾在寧夏擔任文史編輯工作。兩人身為大千先生的近親，所知所言當有一定的憑據及權威性，應值得採信。

何香凝為毛澤東代求的大千先生畫作，在毛氏一九七六年逝世後，已「重現江湖」。一九八五年七月「四川美術出版社」編印了一本《張大千遺作選》，內中總共收錄張大千先生八十一幅作品，而擺在首頁的就是這幅寫意「荷花圖」。不知何故，此圖是全本畫冊中清晰度最差者，特別是款識部分，上款「潤之先生法家雅正」幾個字，還好辨認，年款「己丑三月」，勉強可識，至名款「大千張爰」，可謂已幾近模糊。

此畫之構圖不俗，兩片披離盛放的荷葉分占畫中心及下端，一莖新荷揖讓於右上側，且被數枝帶苞的荷幹橫斜打攔，流露出一股「猶抱琵琶半遮面」的神祕氣韻。整幅畫色墨交融，對荷花荷葉開合、聚散、顧盼、呼應，處理得極為細膩，巧妙顯現荷花的生命力及大自然的韻律，而夏風習習、香遠益清之感，恐是每一欣賞此畫者發自內心的共鳴。

所謂「眼見為真」，至此應可百分之百確認大千先生曾送過畫給毛澤東。或許有人會懷疑，以張氏之練達睿智及交遊廣闊，不太可能不曉得「潤之」即頂頂大名的毛某某，況且，張大千行事也是一個很講分寸的人，何香凝若不把話說清楚，他也不會隨便送人一幅自己的精心之作。

然而，即使這種揣測有其根據，甚至說根本就是無庸置疑的事實，那又何罪之有呢？民國三十八年間，大千先生匆忙避秦出走海外，而他還有一大家子及諸多親友身陷大陸，他能不日夜擔心他們的安危嗎？他不應為他們著想而做一點「公關」或「打點」一下權貴嗎？

大千先生五十一歲離開變色的山河，在印度、阿根廷、巴西、美國等地漂泊了將近三十載，在年奔八十的垂暮之年才葉落歸根於台灣，其間儘管他時時心懸萬里之外的大陸親人，他們也頻頻發動親情攻勢，但張氏始終未起「歸鄉」之念，這不就是「心嚮何處」的鐵證？大千先生定居北加州卡邁爾鎮時，「環蓽庵」大門口天天掛著國旗，園內栽培有各種梅樹達百本之多，他曾賦詩明志：「殷勤說與兒孫輩，識得梅花是國魂」，興寄深微，愛國濃情溢於辭表。

筆者曩昔在國外收藏到大千先生八十一歲所寫梅花小品，其上題詩曰：「百本栽梅亦自嗟，看花墮淚未還家，眼中多少頑無恥，不認梅花是國花」，每次吟哦，一腔熱血，為之升溫，想到一代國畫大師張大千先生的風骨、節操，不禁打心底又多增加了一分敬重與景仰。

百本栽梅亦自嗟，看花墮淚未還家，眼中多少頑無恥，不認梅花是國花。

徐志摩說：「得之，我幸；不得，我命。」

徐氏是那種「情在不能醒」的人，

能講出這樣隨緣、認命的話，著實不易。

他這句名言，用在男女感情上，我贊成；

用在文物收藏上，我更贊成！

半生「收藏」緣未了

曾經看過一部東歐電影，片名及劇情早已淡忘，唯獨其結局的最後一幕始終留存在記憶的一角：

一名花甲老婦敲門問路，打聽面前的街道是否通往教堂，聽到否定的答案後，就面帶憂戚地轉身離去，並喃喃自語說：「一條路若不能通到教堂，那麼，要這條路幹啥？」

反芻這樣一幕場景，生命對我而言，永遠像在解一道原本就無解的「方程式」，突然變得沉重起來。古往今來，多少智者為了安頓其生命，窮其一生去追尋人生的價值與意義，卻往往交了白卷，終未能找出人人願奉為圭臬的答案。自忖魯鈍的我，既不願自縛於苦思之繭，「隨緣隨分」就成了唯一可做的選擇。

然而，「緣」之為物，太過抽象，它或許是宿命，是機運，是「晝午畫船橋下過，衣香人影太匆匆」的那份偶然，是「來如春夢不多時，去似朝雲無覓處」的那種神祕，而人之一生，緣的來去，似乎永難主導，也無從勉強。

事實上，「緣」的起滅，不單存在於人與人之間、人與物之間，而且亦存在於人與動物之間。記得吧，紀曉嵐《閱微草堂筆記》中首則，就提到這樣一件事：有一個老人發現鄰居養的豬對他非常不友善，見到他走近就吼叫不休，一副隨時準備咬他的樣子，但對其他的人卻不會如此。老人百思不解，後來領悟，他跟這隻豬不是無緣，而是前世有「宿怨」，於是就把豬買下，送到廟裡當「長生豬」。從此，豬每次見到他，就會很高興的主動靠過來。紀曉嵐因而感歎道：「乃知天地間，有情皆可契。」

我有一個收藏界的朋友，常被我們調侃為「貓科動物」，因為他最喜歡收藏以「貓」為主題的畫，近代擅於畫貓的名家，如徐悲鴻、程瑤笙、曹克家、鄭月波等人的作品，他多多少少都有一些。有一次，他找我幫他看一張徐悲鴻的「貓」，我忍不住問他何以對「貓畫」情有獨鍾，他才道出，原來他們一家人都喜歡養貓，他以前在舊金山工作時，家中養了一隻波斯種的白貓，取名「小雪」，其聰明的程度，幾乎已到可以聽得懂三分人語的地步，而最難得的是，牠非常乖巧聽話，主人叫牠幹啥牠就幹啥，因此一家人都視牠為寶貝，寵愛有加，特別是他的兩個十來歲的千金，一下學回家，非找小雪「瘋」一陣子，方肯去做功課。

有一天，這個朋友突然接到台北總公司命令，指示他三個月內束裝返國報到，要調升他擔任一個部門的主管。這個喜訊頓時使他們全家緊張忙碌起來，搬一次家就等於拆一個家，非同小可，而最令他們發愁的就是小雪的問題，帶牠回去吧，怕牠不適應台灣的水土氣候，把牠送給當地的朋友吧，難以割捨不說，還怕牠得不到善待。家人為此天人交戰、愁腸百結，幾次家庭會議開下來，也無共識，當然每一次的討論，「當事人」小雪都是「不發一言」的躺在桌下聆聽。

眼看返國的日子逼近，一家人仍然未能有所決斷，就在這時候，小雪忽然失蹤了，朋友全家拿著愛貓的照片，大街小巷的到處尋訪，卻毫無結果。過了個把禮拜，才輾轉聽到一個消息說，前兩天附近的高速公路撞死一隻白貓。朋友一家子為此難過、自責了好一段時日，他們猜測，小雪是感覺到自己的尷尬處境，為了不使主人為難，而毅然離家出走，甚至決定「撞車自盡」。

朋友強調，這件事發生之後，他才慢慢醒悟，人與動物同樣有所謂「緣分」的問題，緣盡了，要想不散也不容易。我安慰他說：「你能將愛貓之心，移情到收藏貓畫，應該也算是一種特殊的緣分，不是嗎？」

的確，收藏文物也需要看緣分，不少收藏家都這麼相信：「該是你的東西，遲早一定是你的；不該是你的，搶也搶不過來。」前幾個月才過世的著名藝評家李葉霜，跟我提到他個人的特殊收藏經驗時也說，有時候，千求萬求找不到的東西，緣分到了，唾手可得。他舉了一個例子：有一段時間，他到處訪求董作賓先生的甲骨文書法，所獲不多。一天下午，他路過一戶人家門口，見到屋主正在整理東西，把董氏用朱砂精寫的一副裝框對聯連同一些雜物丟在屋外，他冒昧相詢，物主表示正打算雇車丟棄，巴不得葉老快快搬走。葉老見機不可失，立刻找了一輛計程車把對聯運回家，撿了一個踏破鐵鞋無覓處的大便宜。

葉老還提到一個很「玄」的經驗：前人的書畫，往往可遇而不可求。特定名家的作品，尤難尋訪，但不管有多難找，一旦購得一件，不久之後，此人其他的作品就會接二連三的「現身」。葉老說，這就有點像，你家一旦進來一隻老鼠，這隻老鼠準會呼朋引伴地帶進一窩子的老鼠一樣。

筆者在書畫的收藏道路跌撞摸索多年，運氣好壞相參、有得有失，但像葉老這種「路上撿寶」的吉人鴻運，甭說從未遇上，就連想都不敢想。儘管如此，信手拈來，倒也可說出一、二件不得不歸諸緣分的藏畫趣事。

二十年前，我被公家派到南非約翰尼斯堡工作，彼時當地華人雖僅有四千多名，但我發現，很多僑胞家中都掛有國畫大師黃君璧先生的墨寶，原因是君翁曾在一九六九年間應邀來南非開過展覽，售出的作品，不在少數。我既有心於此，暇時就四處訪求，畫廊與古董店當然是經常流連駐足之所，有一家英裔南非人所開名為「中國清朝」的東方文物店，更是每週必去「朝拜」的地方，但其間除購得數幅清末小名家的古畫外，從未見到君翁大師畫作的蹤跡。

有一天中午，總領事館的王若琴副領事打電話給我，她語帶興奮地告訴我，政工幹校藝術系教授鄧雪峰先生來斐展畫，一下飛機就說想逛逛賣中國玩意兒的古董店，於是他們就帶他去看「中國清朝」，竟在那兒買到一張黃君璧的《風雨歸舟圖》大中堂，現在鄧教授已攜畫回到她辦公室休息，要我趕快過去見見面，並且欣賞一下君翁的傑作。

聽她這麼說，當下差一點我沒氣昏倒，想到自己卜居約堡年餘，又經常去那家古董店「報到」，怎麼會與朝思暮想的大師墨寶失之交臂呢！而最令我心理不平衡的是，這捷足先登者，乃是一個剛下飛機不過二小時的「唐山過客」。然而，氣歸氣，畫是非看不可！

打開掛軸，立即被君翁寶繪的氣勢與意境深深感染。「瀟瀟風雨晚來多，江上漁翁未解簑，撐入蘆花清淺處，且圖安穩避風波」，君翁挺拔有力的題識書法，配合畫中江面雨急風驟，漁翁孤舟獨駛的景象，令人油然興起一種「小舟從此逝，江海寄餘生」的曠達、出世之感。

鄧教授個性慷慨、豪爽，見我對此畫凝視再三，一副愛不釋手的樣子溢於神色，當即表示，願以原購之價（遠低於台北的市場行情）相讓。領受其美意，我則以投桃報李之心，提議加倍奉上畫款，雙方乃相視大笑，欣然握手成交。

經過此事，我益發相信：收藏文物，緣分最為重要。該是我的，縱然是繞了一個大彎，還是會跑到我的手中。

再如兩年多前，還發生過一件至今仍令我覺得不可思議的「巧遇」。彼時，我注意到香港、大陸的書畫拍賣會中，以擅長山水、人物的近代畫家陳少梅（一九〇九—一九五四）的畫作異軍突起，屢創佳績，一把「西園雅集圖」成扇，還在拍賣會中喊到十幾萬人民幣的天價，而自己卻始終無緣收藏到他的作品。某個週末，我特地到唐人街的華文書店買來一本他的畫冊欣賞。翌日，與同事前往沙加緬度（加州首府）出差，正事辦完之後，我們順道走訪附近的一個古老小鎮。

此鎮雖小，但古董店林立。我們隨興闖入其中一家閒逛，眼尖如我，一掃就瞧見店牆上掛著一幅白描美女國畫，立時央請店主取下細觀，你猜怎麼著？它正是如假包換的陳少梅呀！一問價，更讓人嚇一大跳，老板祇要區區二十塊美金。這回可的確讓我撿到了寶！

前一天才買陳少梅的畫冊，第二天就能用像是「搶來的」價錢，在美國鄉下的小鎮購得陳氏的真蹟，那不是緣分又是什麼？

徐志摩說：「得之，我幸；不得，我命。」徐氏是那種「情在不能醒」的人，能講出這樣隨緣、認命的話，著實不易。他這句名言，用在男女感情上，我贊成；用在文物收藏上，我更贊成！

年輕時我讀《老殘遊記》，對作者劉鐵雲痛陳「贓官可惡，人人知之；清官尤可恨，人多不知。蓋贓官自知有病，不敢公然為非；清官則以為不要錢，何所不可，剛愎自用，小則殺人，大則誤國」的說法，深感震撼。以當時的社會背景而言，劉氏的看法諒與當道相違，他能一針見血的言人之所不能言及不敢言，的確有其過人的膽識。

陽光・文物・故園情

在過去二十多個年頭裡，因職業的緣故，我曾去過許多國家及地區，北到阿拉斯加州的安克拉治，南至開普敦的好望角，都曾留下彌足珍貴的美好回憶，但你若問我全世界何處是我的「最愛」，我一定會毫不遲疑地說，那當然是舊金山。

金門大橋、漁人碼頭、藝術宮、花街、同性戀大遊行等，一般遊客耳熟能詳的勝景，祇不過是我記憶中的邊緣及點綴罷了。在灣區工作了四年多，如今最讓我魂牽夢縈的有二：陽光與古董展。

舊金山的日照，終年充足、和煦，唯有在這兒落腳長住，人們才可能真正領會「野人獻曝」的意義。特別是冬日的中午，邁出廣東銀行辦公大樓，擁抱天空中的一片蔚藍，微風拂面而無寒意，隨興在路邊露天餐座點一杯濃濃的卡布基諾，讓自己在咖啡香氣氤氳的氛圍中，四肢百骸沐浴於暖暖的陽光裡。此時，寵辱得失皆成雲煙，瞇眼欣賞熙來攘往、川流不息的紅男綠女，任誰都難免渾然忘我，深深陶醉於此一時空座標，而每一回我都這樣告訴自己：這是人生最美好的時刻，夫復何求！

陽光之外，我還懷念舊金山的古董展（Antique Show）。一聽古董兩字，你可別誤會，以為指的一定是值錢的古文物或藝術品，其實，美國的歷史上下不過二百多年，因此，老祖母時代的東西就算得上是古物了。老美的經濟力及購買力舉世無匹，藏富於民的結果之一，就是人民非常重視文化財，收藏風氣之盛，若說已到「全民運動」的程度，並不為過。甚至，年輕人跟少男少女也是逛古董展的生力軍，他們的興趣極為廣泛，舉凡陶瓷器、玻璃器皿、雕塑品、早期書報雜誌、電影海報、明星照片、香水瓶、可樂罐、芭比娃娃、社團徽章、商品招貼、明信片、月曆、地圖、唱片等等，都在收藏之列，你或許想像不到，就連老的路標街牌，也有一定買家。

至於這些東西的價格，隨其年分、品相、稀有度之不同，差異性很大，但幾乎每一主要類別的古物都出版有「市場指南」可資參考，不容商人漫天要價。

舊金山灣區大大小小的古董文物展，平均說來，月有數起。規模小的至少也有百來個攤位，大型的如「休爾斯堡」（Hillsborough）古董展，盛名遠播，港、台兩地專程前來尋寶的，亦大有人在，其攤位多達五、六百家，走馬看花地溜達一趟下來，少說也要大半天。

逛古董展，若能抱著「得之我幸，不得我命」的隨緣態度，好整以暇地精挑細選，心情自然輕鬆。可是還是有很多人深怕好東西被人捷足先登，寧願在開幕的當天起個大早排長龍進場，並以衝鋒陷陣之姿在眾多攤位間殺進殺出。

老美買東西不流行講價，但古董、文物交易則屬例外，一般而言，打個九折應無問題。有些人喜歡在古董展的最後一天下午進場，就是著眼於活動已近尾聲，攤主姿態轉低，議價空間增大，經常有機會揀到便宜貨。

逛古董展的最大樂趣，就在於它的不確定性，緣分如何最為關鍵，這種「尋寶」可跟釣魚、打獵差堪比擬，永遠交織著興奮、驚喜、快樂或失望，其「過程」往往比「結果」更為有趣、更值得期待。任何人在踏進展場前，根本無法預料到今天他會尋訪到什麼，但究竟是滿載而歸或一無所獲，冥冥之中似早有定數。

所謂「外財不富命窮人」，儘管我常逛古董展，卻從未邂逅任何價值不菲、有厚利可圖的中國文物，足見要揀古董商的「漏」（意指把好東西看錯而賤賣），有如登天之難。不過，多多少少我也在古董展中買到一些非常有趣味、有紀念價值且有文化歷史意義的東西，可謂於願已足。例如，我曾買到百來張十九世紀洋人以中國民情風俗為主題所發行的明信片，其中一張是犯人被關在木籠中的景象。木籠的構造特殊，略成楔形，頂上開洞，底部透空。犯人被關進籠內之後，腦袋卡在籠外，頸部以下的軀幹則在籠內，兩手反綁，雙腳懸空，其求生不得的苦狀可以想見。

年輕時我讀《老殘遊記》，對作者劉鐵雲痛陳「贓官可惡，人人知之；清官尤可恨，人多不知。蓋贓官自知有病，不敢公然為非；清官則以為不要錢，何所不可，剛愎自用，小則殺人，大則誤國」的說法，深感震撼。以當時的社會背景而言，劉氏的看法諒與當道相違，他能一針見血的言人之所不能言及不敢言，的確有其過人的膽識。他在書中批判清官型的酷吏玉賢，用極其殘忍的手段治理山東曹州府，雖著有政聲，但上任不到一年，衙門口的十二個「站籠」日無虛席，先後總共站死兩千人，其中有不少實為無辜百姓。「站籠」在清代應該是一種慘無人道、令人聞之色變的刑具，而其構造如何，《老殘遊記》中並未詳細描繪，難免讓人心存疑惑，直到見及此一明信片，才算解開我多年來心裡的謎團。

除明信片外，我在古董展中收進的希奇古怪東西，著實不少，但全跟中國有關，諸如十九世紀貿易瓷、石灣陶、清代刺繡、民初蒙古照片、三十年代上海香菸廣告等，不一而足。值得一提的是，我還以高價買到「飛虎隊」夾克上的胸章。這種東西在許多人眼中，也許一文不值，但當我看到它上面印的中華民國國旗、中文「來華助戰洋人，軍民一體救護」，以及英文「FLYING TIGERS」（飛虎隊）、「KUNMING CHINA」（中國昆明）、「CHENNAULT」（陳納德）等字樣，緬懷陳納德將軍當年率美國自願軍來華幫中國人抗日的英勇事蹟，不禁熱血翻騰，既不忍見它在古董展中繼續流浪，祇有買下收藏一途。

內人嫌我蒐集的東西太雜太亂，把住家搞得像「倉庫」，她常說我不是收藏家，充其量祇能算是一個小「雜貨鋪」老闆而已。有時吵起架來，惹惱了她，她就威脅要趁我不在家時，把我心目中的這些寶貝當成「破銅爛鐵」，全部掃地出門，稱斤賣給「酒矸」（收舊貨的小販）。這一招像是唐三藏對付孫悟空的緊箍咒，管用得很，我立即噤若寒蟬，不敢再對嘴對舌的跟她大小聲，而且一定會收斂個三五天，暫停往家裡「進貨」。

我從年輕時就著迷於中國字畫，
時被「占有慾」焚煉，
而「附庸風雅」的結果，
當然繳過不少「學費」，
如今雖已練就幾分鑑賞眼力，
仍感此道「江湖險惡」，防不勝防。

也曾「附庸風雅」

前不久，我在台北麗水街的某家畫廊看到一張嶺南派巨擘趙少昂先生的花鳥小品，乍觀該畫賦色豔麗、筆觸恣肆，頗具嶺南畫風，但凝神細覷之下，即覺其敗筆連連，落款尤弱，不似趙老真蹟。因與店主相識，礙於情面，未便當場說破，惟事後在與歐豪年教授聚會時提及此一插曲，彼此對偽畫充斥於市，此中陷阱重重的情形，咸感耿耿。

歐大師是趙老之高足，對師門情況瞭若指掌，乃講出一段偽畫趣事，說：趙師成名甚早，大陸淪陷前，廣州畫鋪已常見其偽作，趙氏對此亦深感苦惱，但彼時中國文人不流行打官司，認為書畫也者，本為風雅之事，為它上法院興訟，有理無理，說什麼都很不名譽，於是只好隱忍不發。孰知有人在畫店花大價錢購進趙師一件作品，發現是假畫後找上趙氏，趙師亦表愛莫能助，物主不甘損失，一氣之下告官究辦，希望法院能還他一個公道，很折騰了一番，最後卻不了了之，得不到半點補償。

你猜怎麼著？法官倒不馬虎，把畫那張畫的人竟傳了來，此人偏偏也姓趙。問他何以作畫署款不用自己的真名，而落別人的名字，他回答得很妙，說「少昂」是他的「別號」，落款寫「趙少昂」用的就是道道地地自己的名號。法官明知他是設詞狡辯，卻也無可奈何，僅能告誡一番，判他無罪了事。

同樣的事如果發生在當今的台灣，法院該如何論斷——亦即一方面要保護當事人的「智慧財產權」，另一方面也要保障「姓名權」的使用，以及維護國畫界使用別號落款的自由，恐亦須傷透腦筋。唯一可確定的是，現代人重視自己的權益，藝術家自不例外，遇到別人以巧取豪奪的方式侵害其權益，定難忍氣吞聲，坐視不理，而此種態度則與前輩藝術家迥異。

大畫家齊白石當年在北京走紅時，「筆潤」是公開的，而且不喜講價。某無名畫家亦住鄰近，見齊氏生意興隆、應接不暇，竟也以「齊白石」三字落款，而筆潤較廉。有人向真齊白石訂畫，求其稍讓潤金，並說：「你們胡同頭也有一家賣齊白石畫的，比您便宜多了。」白石老人聞後笑道：「既然另一家齊白石比我這個齊白石賣得便宜，您就買那位齊白石的畫好了。」依齊氏的想法，所謂「清者自清，濁者自濁」，兩者層次一如雲泥之別，若去計較，反自貶身價。

再如清朝道光年間海上派名家任渭長，在逛街時遇見一個年輕人擺攤向其兜售偽其名號的畫作，任氏見這些作品的筆墨功夫不差，就不動聲色地問道：「你賣任渭長的畫，你可認識他本人？」年輕漢子理直氣壯回說：「怎麼不認識？我就姓任，任渭長是我親叔叔！」任氏這才不客氣講出自己的真實身分，對方頓時面紅耳赤、無地自容的謝罪不已，並坦承這些偽畫全都出自其手。任渭長乃微笑說：「你的畫也已有幾分根基，既然你把我當成你叔叔，從今以後，就跟著我學畫好了。」這個年輕畫手就是後來名重大江南北，成為中國近百年來畫壇祭酒的任伯年。「世有伯樂，而後有千里馬」，任渭長寬諒後輩的氣度及識人之明，誠令人有高山仰止之感。

其實，這兩則齊白石及任渭長的故事，只能當作茶餘飯後，聊資助談的趣聞說說而已，不足為訓，良以製造假畫騙人圖利，不僅損及藝術家的權益，亦害慘收藏者，不僅為禍一時，且將遺毒千秋。時至今日，即便是在著有信譽的拍賣會上，藏家自己若不張大眼睛，照樣不免收進魚目混珠、以假亂真的「打眼貨」（即贗品）。

筆者認識台北一個畫商，手中的「貨」真假參半，交往多年，向他買過一些東西，倒全為真蹟。有一次，他喝了幾杯老酒後吐露真言。他說，因為我是「行家」及「清官」，所以不敢賣不對的東西給我，但他那些「大名頭」的「老片子」（民初以前仿造的假畫），專門是賣給一些「附庸風雅」的有錢人。這位仁兄以「附庸風雅」為「罪名」，把有財力的收藏家當成「凱子」亂砍，殺雞取卵不說，其「理所當然」之心態，尤為可議。

清代傳奇小說大家宣鼎，在其名著《夜雨秋燈錄》中一篇題為〈雅賺〉的故事裡，曾替所謂「附庸風雅」者執言，寓意深刻，耐人尋味。故事大略如此：「揚州八怪」之一的鄭板橋在聲名大噪之後，各方競相購藏其墨寶，蔚為流行，有一位出身鄙賤的富商想盡千方百計要鄭板橋給他畫畫寫字，始終無法如願以償，乃想出一條妙計。鄭板橋好吃狗肉，一日到郊外遊玩時，被陣陣狗肉香味所吸引而來到一個院落，大門的木板對聯寫著：「逃出劉伶禪外住，喜向蘇髯腹內居」，內門也有一對聯云：「月白風清，此處更容誰卜宅；燐陰焰聚，平生喜與鬼為鄰」，院內奇花異卉，籠鳥盆魚，幽雅精緻處，令鄭板橋歎賞不已。屋主自稱「怪叟」，鄭板橋與其把酒歡談，引為知己，交往月餘，鄭板橋見屋內四壁空蕩，一時技癢，主動當場揮毫完成十幾幅作品，待題「上款」時發現主人與鄭氏心中的那位「賤商」同名，老人辯稱古時魯國也有過兩個「曾參」，同名純屬巧合，板橋信以為真，書畫終被騙去。

宣鼎在這篇故事的結尾強調，富商雖是設局騙取書畫，以滿足其虛榮心，但他處處搔著板橋的癢處，部署周延精密，毫不吝惜，不能因為他是市賈，就抹殺他的苦心孤詣及對書畫的狂熱。

在清代傳奇小說中，宣鼎《夜雨秋燈錄》的文學地位，僅次於蒲松齡的《聊齋誌異》與紀曉嵐的《閱微草堂筆記》，從該書所記載騷人墨客的逸事及作者獨特精闢的藝術見解，可知宣氏的文學藝術修養極高。事實上，宣鼎本身就是一個出色的藝術家，他一生失意潦倒，曾長年靠鬻畫為生，因流傳下來的畫作不多，所以他這方面的才華，鮮為人知。

宣鼎能為所謂「附庸風雅」者講幾句話，在那個時代來說，已很不容易。最近我有幸聽到國畫大師歐豪年先生談及相同話題，更獲啟發。歐大師認為，批評那些學問、眼光不到的收藏家為「附庸風雅」，是有欠厚道的；若有畫商存心賣假東西給顧客，背後還說些譏諷人家的風涼話，更有傷商業道德。就中國古代來說，民間並無美術館或博物館，書畫文物的收藏及保存，不是仰賴「貧賤夫妻」李清照、趙明誠等雅好鑑賞的文人雅士，而主要得靠有雄厚家業的達官顯貴及富豪巨賈，例如明朝的項元汴，家世顯赫，富甲一方，斥巨資收藏的歷代法書、名畫，足可與帝王分庭抗禮。彼等能將財富放在收藏文物上，並以一己的財力、勢力保護藏品的安全與傳承，對文化、對國家以及對人類，均可謂功德無量。

我從年輕時就著迷於中國字畫，時被「占有慾」焚煉，而「附庸風雅」的結果，當然繳過不少「學費」（收進「偽作」），如今雖已練就幾分鑑賞眼力，仍感此道「江湖險惡」，防不勝防。

能將財富放在收藏文物上，並以一已的財力、勢力保護藏品的安全與傳承，對文化、對國家以及對人類，均可謂功德無量。（圖為鄭善禧畫雙燕，聞名畫廊提供）

我一向認為，人活在世上，
該說的話就說，該做的事就做，
這倒不是教人效法
「寧鳴而死，不默而生」的聖哲懿行，
而是不主張做人太過辛苦或太委屈自己。

牧師的樂趣

裱畫鋪的黃老闆來電話說，日前我介紹朋友送去重裱的溥心畬書法，經其拆框後發現可能是精印的複製品，而非原作，要我晚間抽空過去細觀一下再作定奪。

黃老闆是台北經驗豐富的裱畫師傅，雖甫邁入不惑之年，但從學徒到自立門戶，在此一行業打滾二十餘載，他的話當然可信。我不得不趕緊聯絡朋友，告訴他這個壞消息。可想而知，朋友一聽東西是印的，當下氣得七竅生煙，他收藏字畫已十多年，竟還不免「以假當真」收進一張印刷品，真是情何以堪。

朋友說，令他愈想愈氣的，不是幾萬元台幣等於泡了湯，而是買這張溥老作品所惹來的是是非非。一年多前，他在一家老字號畫廊瞥見這件東西，他對溥心畬的字很有把握，雖然隔著玻璃，一看就斷定是真蹟，再加上框舊紙老（上有水漬、汙斑數處），心中沒有絲毫懷疑，而開價低於行情許多，令他見獵心喜，認為揀到了寶。付錢給老闆時，老闆娘好像面有不豫之色，但他也未太在意，反正是老闆當家，何況他也沒有還價。

回家後，他把「墨寶」暫放儲藏間，準備送去重裱，並未再仔細欣賞一番。不過，其間他又去過那家畫廊幾次，而每次老闆娘都會擺出一副晚娘面孔，對他不大搭理。朋友對此心中頗不舒坦，但卻百思不得其解，不知自己是什麼地方有所得罪。有一次，他實在按捺不住，趁老闆上樓取畫，就單刀直入地問起情由，老闆娘也不客氣地直說：「你想想，在台北哪有可能兩、三萬塊錢就買到一張溥心畬的真東西？你應該知道，你占了我先生太大的便宜了！」朋友聽了憤然回道：「這是什麼話？買賣東西，是一個願打一個願挨，兩相情願的事嘛！談不上誰占誰的便宜！不過，你既然覺得不爽，我也可以考慮把東西給你拿回來！」話不投機，朋友拂袖而去，再也不願意踏進那家畫廊一步。現在想來，老闆應是百分之百地知道溥老的字不對，祇是他要在太座面前維護他「正派經營」的偉大男人形象，所以從未跟太太講個明白，而讓她一直誤認為那幅字是賤價賣出，吃了別人的大虧。

朋友買了假東西，還讓人懷疑其人格大有問題，心裡實在窩囊。有人勸他「將計就計」，亦即把東西拿回去退錢，而並不說破其真偽，衹強調自己不願意見到老闆娘為吃了虧而心存耿耿。朋友是厚道之人，一時拿不定主意，問計於我。

我一向認為，人活在世上，該說的話就說，該做的事就做，這倒不是教人效法「寧鳴而死，不默而生」的聖哲懿行，而是不主張做人太過辛苦或太委屈自己。我還特別講了英國小說家戴洛德（Roald Dahl, 1916-1990）所寫的一個故事給朋友聽，證明有些文物商人狡獪多變，不必心存不忍，逗得朋友開懷大笑，樂不可支。

這篇戴氏傑作〈牧師的樂趣〉（Parson's Pleasure），是我年輕時接觸英美文學作品中的最愛之一，至今我還能將小說中的重要情節約略道來：

故事的男主角伯吉詩，是倫敦有名的古董傢俱商。一個星期天下午，他開車去鄉下探視老母親，中途車子拋錨，他求助路旁的一家農舍，發現那家有一張十五世紀晚期的椅子，乃鼓其如簧之舌勸女主人把椅子割愛給他，終於以數十英鎊購得價值數千的古物，狠狠地大賺了一筆。

這次「好運」給伯吉詩帶來發財之道的靈感。從此，每一個週日下午，他固定的節目就是開車去倫敦郊外「走透透」，作「地毯式的尋寶」——伯吉詩將倫敦的郊區以五平方英里為單位，劃成一區一區，原則上每週走訪一區。他深知鄉下人多疑的性格，為了能順利登堂入室，名正言順地參觀農舍的內部陳設，他就穿戴著牧師的黑衣白領，另加黑軟帽一頂、舊柺杖一根，把自己完全裝扮成神職人員的模樣。此外，又特別印製了一種名片，上面不但凸顯其牧師的身分，還註明他是「稀有傢俱保存學會」的會長，這樣在他繞著古董傢俱的話題說長道短時，別人才不致起疑。

伯吉詩思慮周密、行事謹慎，而且口風很緊，從不對任何人透露其「貨源」，以免招來競爭對手。每次下鄉選定目標進行「發現之旅」時，他都把所駕的貨車停得遠遠的，因為，一般而言，牧師的代步工具都是小型車，很少有牧師會開貨車來探訪教友，他怕鄉下人見車生疑，看穿其真正的身分與居心。往往，要等到雙方交易談成，他才會把車開過來裝貨，此時即使對方發覺事有蹊蹺，恐也悔之晚矣。伯吉詩曉得，鄉下人也許無知，但絕不全是愚夯之輩，他這一套生財妙法，仰賴的不僅是裝扮與行頭，而隨機應變的表演功夫，更屬關鍵，他對自己的唱作天分，很是引以為傲。

一個星期天下午，伯吉詩故計重施，打著替「學會」蒐集文章材料的名義，又進入一家農舍。屋主與其兒子、作客的鄰居三個男人，亦步亦趨地緊跟其後，看這個「牧師」在玩什麼花樣。伯吉詩以其鷹隼般的銳利雙眼，掃瞄屋裡的陳設。他作夢也想不到，竟然在屋裡發現一張十八世紀英國工藝大師奇朋岱（Thomas Chippendale, 1718-1779）所製作的衣櫃，其市價至少超過一萬英鎊。頓時，他心跳加速，兩眼發直，面色大變。他察覺屋主好像已注意到他的失態，就裝成心臟不舒服，雙手撫胸，呼吸急促地倒在身旁的一張椅子上，並猛提醒自己：「我一定要保持冷靜！保持冷靜！千萬不能讓這些鄉巴佬看出我心裡在打什麼算盤。」

於是，伯吉詩東拉西扯地跟屋主聊了一會兒，後來他故作不經意地提到他有一張心愛的咖啡桌，被魯莽的搬家工人碰斷了腿，一直找不到適當的舊傢俱材料來修配，而屋主的這張仿古衣櫃的四腿看起來還適合，或許值得買回去拆下來試配看看。

伯吉詩把「志在必得」的慾望掩飾得極為成功，他隨興似的提議卻真的引起屋主的興趣，經過激烈的討價還價，結果他祇花了幾十塊英鎊就買下了一件國寶級古董傢俱。

伯吉詩的得意之情悉堆眉角，他強掩興奮之情地跟屋主說，要把停在遠處的車子開過來裝衣櫃，而他一步出大門，屋主等三人就高興得笑嚷起來，他們怎麼也料不到，週末閒坐在家，也有人跑上門來肯為一張破衣櫃付出這麼多錢。但他們突然想到，牧師們所開的車子一向很小，要是裝不下衣櫃，這個什麼學會的會長，可能會反悔也說不定，那麼，眼看已到手的銀子不就飛了。

三人傷腦筋了半天，決定把衣櫃的四個腿先用鋸子鋸下來，反正牧師把東西搬回家後也是要這樣做的，他們算是做好事，先幫他一個忙。然後，他們還是不放心，認為鋸掉腿的櫃身仍嫌太大，乾脆做好人做到底，把櫃身及抽屜都劈成一塊塊木柴算了，如此，一定可以把分解後的櫃子全部裝在車子裡，而牧師也就無從反悔了。三人手忙腳亂地剛做完「活計」，就聽到牧師的車由遠而近慢慢開過來的聲音……。

朋友從我講的故事中，得到很大的啟發，他慨歎道，自己必須承認，當時他買下溥心畬的字，多少是存著一點貪便宜之心，一時失察上當不說，還無端得罪一個婦道人家；而另一方面，畫廊老闆機關算盡，狡計終被識破，流失一個老顧客之外，也被老婆數落了一年多，足見天公難欺，做人還真的不能太過聰明啊！

朋友說，他會心安理得、高高興興的把溥老的書法印刷品當成「真蹟」退還給那家畫廊，並且要親手奉還給那位不明究理的老闆娘，讓她從此不再對他心懷怨懟。

人活在世上，該說的話就說，該做的事就做。

俱往矣，史迪威的功過是非，早已走入歷史，
但其所遺留下來的珍藏，卻仍在人世間流轉。
想來，收藏家只是客舍主人，
文物一如行旅，
偶然在此駐足打尖，終又繼續其旅程。
它們浪跡天涯，
似在像人們訴說一生悲歡離合的故事。

流浪者之歌

友人是國內有名的企業家，但他常自豪地戲稱自己為「牧羊人」，原來，他專門收藏各種材料做的羊，十幾年來，已收集玉、石、銅、陶、瓷、玻璃、水晶、木頭的綿羊、山羊、羚羊等三百多隻羊。

有人問及何以對羊情有獨鍾，他回答得很妙：生肖屬羊，老婆屬虎，「羊入虎口」何其危險。結婚已二十載，老婆對他始終「緊迫盯人」，算命的說化解之道無他，祇要多找幾隻羊到家裡來就行了。為了不讓家中的「母老虎」「盯死」他這隻老羊，他才走上收藏之路。

「事若求全何所樂，人若有嗜總多情」，我一直相信，有收藏癖好的人是多情種子，而每一個收藏者的背後，也都有一段有趣、動人的故事。

我喜歡字畫，長年尋覓，可說略有所獲。朋友見我對書畫如此情深，不免懷疑我曾涉獵丹青，其實，我從未正式拜師學藝，祇是學過幾天寫竹而已。

二十年前，我曾被外派到地球遙遠的一端南非工作。彼時約翰尼斯堡的華人祇有數千，其中以老僑居多，從台灣來的寥寥可數。週末，同事常以打高爾夫球或麻將消遣，我對兩者皆無興趣，就被朋友拉去跟一位年紀已八十多歲的老先生學畫國畫。

托人從台北購紙筆買顏料，少不得一番折騰及張羅，這才擺好學畫的架式。老先生早年畢業於上海美專，是科班出身，教起畫來有板有眼。我們先從寫竹學起，不僅當堂傳習、帶畫稿回家描摹，而且還要背誦布葉的口訣。猶記畫晴竹的口訣是：「一筆橫舟、偃月，二筆魚尾，三筆飛燕……」，也就是說畫向上的竹葉，一筆要像一葉橫舟或一鉤偃月，兩筆要像一條魚尾，三筆要像一隻飛燕……。學了半年多，才把寫竿、出枝、布葉、點節的基本功以及晴竹、雨竹、風竹的變化，大致弄懂，自忖天資魯鈍，就託辭輟學。

學寫竹雖然未入堂奧，但也就因為這點淵源，使我對竹製文玩，諸如臂擱、筆筒、竹扇等產生興趣，因而在尋訪字畫之時，也順便收了一點竹刻。

第一件收藏的竹雕，是清代嘉、道年間的大儒陳澧落款的一件臂擱。陳氏字蘭甫，道光十二年舉人，學者稱東塾先生。他的行書宗歐陽詢而參以蘇東坡，其筆法凝練遒勁，清雅絕俗。陳澧為人正直不阿，講究讀書人的氣節，據書上記載，他二十二歲中舉之後，被選為河源縣學訓導，到職才兩個月，就因看不慣官場文化的種種陋習而稱病告歸。其後擔任學海堂長數十年，至老為「菊坡精舍」山長。他不追求名利，一生兩袖清風。從我這件臂擱上所鐫刻的詩，就可以約略感受出他坎坷的際遇：

當年落魄帝城東，兩腳如滕類轉蓬，
脫粟一甌誰飯我，居停三月敢忘公；
儒林身負三願望，廣吏家餘四壁風，
慚愧王孫恩未報，千金還在此心中。

臂擱長約三十二公分，寬僅五公分，中間裂有一痕，幸未貫穿，邊上原鑲有護木，大部分雖已脫落，但仍可看出是紫檀，足見原收藏者寶愛的程度。

說不上為什麼，每一回摩挲這件臂擱，吟誦陳澧的詩句，思緒會不由自主地奔馳上溯，連帶白居易、蘇東坡的詩文及生平際遇頓時翻騰胸臆，久久不能平息。

年前，我赴巴拿馬開會，途經舊金山購得一件十八世紀的竹筆筒。此一透雕作品高為十七公分，直徑約十四公分，四周刻六樵夫擔柴，一婦攜幼子及家犬倚扉而立，另有一小童騎牛吹笛牧歸，古木峻岩，掩映層疊，點綴其間。九個人物各盡其態，但彼此之間呼應聯屬，若聞其對語，其栩栩如生，精緻入微之處，令人嘆為觀止。

古董商告訴我，這件有二百年歷史的筆筒原是史迪威將軍（Joseph W. Stilwell, 1883-1946）的舊藏，史氏過世之後由其女繼承保管，前幾年才讓出來。

一般做文物生意的人所講的話，當然不能盡信，他們為了滿足客人的虛榮心，難免不會添枝加葉、捕風捉影的編一些故事，但這個古董商卻不一樣，她的誠實、正派及專業，在美國古董界享有盛名。她深怕我不曉得史迪威是何許人也，還在開給我的收據上註明史氏的英文全名及生卒紀年。

其實，對老中來說，近、現代美國人中最令我們耿耿於懷的，未見得是跟台灣斷交、承認中共的卡特總統，而很可能是馬歇爾及史迪威。

眾人皆知，一九四一年太平洋戰爭爆發，羅斯福總統應蔣委員長之請，推薦史迪威擔任中國戰區參謀長。史氏原本即與中國淵源很深，一九〇四年西點軍校步兵科畢業，歷任美軍駐華語言教官、天津美軍步兵第十五隊隊長，以及美國駐華大使館陸軍武官。在當時，他是美軍中極少數能操華語、識華文的軍官之一。後來他與蔣公交惡，態度明顯左傾，嚴重影響美國對華政策，在蔣公一再強烈要求下，史氏終遭撤換。一九四六年十月，史迪威以肝疾病逝，未及見到中共全面叛亂、大陸易手。蓋棺論定，誠如近代史家梁敬錞先生論及史迪威與中國之關係所言：「自抗日立場言，史迪威尚可為中國之戰友；自反共立場言，史迪威實是有負於中國。」

俱往矣，史迪威的功過是非，早已走入歷史，但其所遺留下來的珍藏，卻仍在人世間流轉。

想來，收藏家只是客舍主人，文物一如行旅，偶然在此駐足打尖，終又繼續其旅程。它們浪跡天涯，似在向人們訴說一生悲歡離合的故事。

人常說，一般收藏家常會經過三個階段：

先是新手上路，經常「被騙」，繳了不少學費；

然後是「騙己」，以似懂非懂的粗淺知識，

拚命為自己的假東西找理由；

最後是「騙人」，

把自己多年來所收藏的贗品設法推銷給初入此道的生手。

顯然，我這個朋友已掉入彀中，

無法自拔，也不願意面對「被騙」的殘酷現實。

看不見的珍藏

我懷著萬分忐忑不安的心情，去跟藝文界前輩陸大哥見面。

這個午餐之約是在兩星期前敲定的。原本以為，只須搭計程車去接陸大哥後，即可相偕到附近的小館大快朵頤，但那天他在掛電話前，還撂了一句：「聽說你也玩字畫，前些日子，朋友廉價讓給我幾件老東西，你過來接我時，不妨先上來我辦公室坐一下，幫我看看這幾張字畫有無問題。」

一般說來，喜歡收藏文物的人，都有股癡氣，聞道有好東西可看，就是半夜三更，也要想辦法趕去一飽眼福。有一位水墨畫家王老師喜歡收藏古代佛像，量多質精，名聞遐邇，據他說，古董商有貨到時，甚至會在深夜敲他家的門，請其品鑑，足見收藏之狂熱。當然我亦未能免俗，但因「江湖走老了，膽子走小了」，這些年來，多次不愉快的經驗累積，使我對看別人的收藏這檔事，頗有戒心。

對那些具有鑑定專業知識的人而言，有時不用真刀實劍的「看貨」，單是看相片，甚至聽聽東西的來源、購價、裝裱、題識、構圖情形，對一幅字畫的真偽，心中就已有譜。據說，張大千看古畫卷軸，用不著看全圖，往往打開一小截，才一入眼，即可斷真偽、述源流，鑑定功夫之高，時人難望其項背。

照理說，陸大哥認識的達官貴人，無計其數，因緣際會，收藏的東西一定可觀，不過，萬一他的東西真假參差，甚或贗品居多時，又該如何？我是該一本所知，坦述己見呢？或是隱瞞真意，免傷老大哥的心？論交情，我們之間，應該說真話，但論人情，忠言逆耳，真話經常讓人難以接受。

事實上，就在上個月還有南部的朋友告訴我他以遠低於市場行情的價格，收藏到幾幅張大千早年的書畫，並寄來照片，供我先睹為快。在電話中，友人的得意之情，溢於言表，可是待我仔細觀看這些照片，心中卻浮起一連串的問號。我怕朋友吃虧上當，就掛電話老實告以落款做作、線條軟弱等多處疑點，朋友聞言不悅，力辯其來源可靠、藏品筆墨精到。

人常說，一般收藏家常會經過三個階段：先是新手上路，經常「被騙」，繳了不少學費；然後是「騙己」，以似懂非懂的粗淺知識，拚命為自己的假東西找理由；最後是「騙人」，把自己多年來所收藏的贗品設法推銷給初入此道的生手。顯然，我這個朋友已掉入彀中，無法自拔，也不願意面對「被騙」的殘酷現實。

講真話，得罪朋友，但講假話，又未免太過鄉愿，常常讓人左右為難。我記得，奧地利近代文學家褚威格（Stefan Zweig, 1881-1942），寫過一篇非常精彩的短篇小說〈看不見的珍藏〉，將個中的難處以及人性的矛盾刻劃得入木三分，令人拍案叫絕。

話說第一次世界大戰後，經過兵燹洗禮的柏林地區又逐漸恢復了繁榮，有錢人開始購藏古畫古物，蔚成風氣，文物商人因而大發利市，祇愁尋不到好貨，不愁找不到買主。

有一個世代經營文物買賣的老字號古董商雷克尼，眼看生意鼎盛，顧客戶限為穿，但貨源匱乏，好東西難覓，心中大感著急。無計可施之際，他想到過去數十年間常上門的一些老主顧，現已垂垂老矣，甚或已蒙主恩召，說不定其本人或家屬願意割愛藏品。

雷克尼打起精神，翻出塵封已久的一本本帳簿、訂貨單以及一大堆與客戶往來的書信，研究了半天，他發現有一位定居在邊遠小鎮的收藏家，手上可能還有不少寶貝，儘管對方已經很久沒出現在他的店裡。

鎖定對象之後的第三天，古董商就搭乘火車展開一趟「尋人」之旅。踏出小鎮的火車站，雷克尼先找到郵局，不費吹灰之力，就打聽出那位已高齡八十好幾的收藏家落腳之處。

老先生雙目早已失明，生活全靠老伴與女兒安娜照顧。對有古董商因慕其名，不辭辛勞地遠自柏林來訪，他興奮得勉強站直身軀，伸出枯瘦的雙手歡迎此一不速之客。雷克尼開門見山的說明自己可不是來兜售古董，而是專程前來向一位老主顧及大收藏家問候致敬。

聽古董商道明來意，老人家精神為之一振，臉上綻放出難得一見的笑容，那副混雜著欣慰與驕傲的神色，像是在宣示他一輩子的苦心收藏，總算遇到了一位知音。他轉身向太太說：「麗莎，請把櫃子的鑰匙拿給我。」他要讓雷克尼看看自己從不輕易示人的珍藏。

老婦人聞言臉色大變，她緊張地雙手合十，向客人搖頭懇求，而雷克尼一時之間還會意不過來。這時，老婦人走到丈夫的身邊，開口道：「現在已到吃午飯的時間，家裡來不及準備什麼菜，而且客人也說不定已有其他約會。我看這樣子吧，若是他在飯後還有一點空，歡迎他再過來坐坐，到時就叫女兒安娜把東西搬出來請他指教！」

雷克尼感受到老婦人恐有什麼難言之隱，他順著對方的話回應道：「我中午已有飯局，就不打擾了，下午三點鐘左右我再過來可以嗎？」

女主人送雷克尼到門口時，壓低嗓門說：「等一下，安娜會去看您，當面向您解釋我們的情況。」

雷克尼在餐館中隨便打發過午飯不久，安娜果真出現了。她的面色蒼白，神色倉皇，說話吞吞吐吐，欲言又止。不過，在雷克尼的勸慰下，她還是坦白道出了真相。

安娜說，大戰期間，其父因病雙目失明，家裡坐吃山空，幾度陷於絕境。最初也捨不得出售父親一生所珍藏的版畫，但當家裡其他可以典當變賣的東西都已處理殆盡時，祇能在挨餓與保留古物之間做一抉擇了。

於是，家裡的林布蘭及其他大師的版畫精品，乃在萬不得已的情況下，陸續讓給古董商，換成了民生必需品。

為了怕父親曉得後傷心，她們每變賣一張版畫，就趕緊找一張雷同的紙張充抵，如此，父親在「察看」（事實上是用手觸摸）其一大疊版畫收藏時，就不會發現有所短少。此時安娜銜母命而來的目的，當然就是懇求雷克尼體諒一下她們母女的苦衷，在稍後參觀其父的珍藏時，能配合演出一齣戲，萬萬不能讓老父發現他視同生命的寶貝早已變成了一疊廢紙。

雷克尼大老遠跑來，原是為了向老收藏家「挖寶」，作夢也沒想到，這會兒卻需協助其家人圓謊，但聽了安娜所講的故事，他能忍心一走了之嗎？

午後三點，雷克尼第二次登門造訪。收藏家迫不及待的要妻女把一大疊版畫從櫥櫃中捧出來給貴客欣賞。

儘管老先生雙目失明，但他所收藏的每一件作品早已深深烙印在其心版。他如數家珍般的向雷克尼「導覽」其藏品，除解說收藏的時間、過程、插曲或故事外，並對每張畫作的構圖、美感、創意等提出自己的見解，還不時徵詢雷克尼的看法。

面對一張張空白的紙張，雷克尼發揮高度的想像力，附和著老收藏家的評語，而且毫不吝惜的頻頻發出讚歎之聲，給人一種「此畫祇應天上有，人間難得幾回觀」的感覺。

老先生感慨萬分的對妻女講：「我省吃儉用一輩子所換得的東西，總算得到柏林一流古董商的肯定，祇要我在世一天，絕不允許其星散，但等我過世之後，妳們可以在這位先生的協助下，將我的收藏變賣維生。」

告別之時，雷克尼看見那對母女感激得淚流滿面，而他自己也不禁熱淚盈眶，有點哽咽起來。他做了一輩子古董生意，第一次睜眼說瞎話，誆騙一位失明的老人家，可是，他並沒有任何罪惡感，心中反而有幾分做善事的喜悅。雷克尼覺得，這一趟「尋寶」之旅，表面上是空手而歸，但心靈上卻有無以名之的滿足與安慰。

就在我一邊看街景，一邊回味著褚威格小說中的精彩情節時，計程車司機突然開口道：「先生，前面左邊那棟大樓就是您講的地方，我在下一個路口迴轉過來讓您下車好嗎？」

我一跳下車，就瞧見陸大哥已站在大樓的石階上東張西望的等著我。他看見我如約準時出現，笑逐顏開的一把拉著我的胳臂，爽朗的說：「走！老弟，你先到我辦公室瞧瞧我收藏的一些畫，其中若有你認為不對的東西，你一定要直說，老哥哥可不願永遠做一個睜眼瞎子！」

「言者無心，聽者有意」，陸大哥嘴裡蹦出「瞎子」一詞，著實讓我嚇了一跳。我頓時醒悟，褚威格故事中的老收藏家是失明之士，而此刻站在我面前的陸大哥，雙目炯炯，洞燭世情，兩者情況迥異，我如何能將彼等相提並論？換言之，等一會兒，看了他的東西，我是否該據實反應，又豈容我有所猶疑？

講真話，得罪朋友，但講假話，又未免太過鄉愿，常常讓人左右為難。

藝術家落款，除了名字之外，
還提及自己卜居何處的，倒很少見，
但從「以廣招徠」的角度而言，當亦無可厚非。
民藝品之有別純藝術作品，
往往就在於前者之生活化實用取向，
而民間藝人之率真純樸，
單從這些細微末節處也就可以看出端倪。

飛入尋常百姓家的「燕子」

收藏老硯台的人，無不講究硯台的材質，所青睞的可能是端石、歙石、松花石、玉、澄泥，全是中國大陸的石材，而筆者擁有一方由台灣溪石所雕成的硯台，雖然是道道地地的「土產」，卻成了一件人見人愛，亦令人「感慨繫之」的文物。

這方青灰色硯台略成橢圓形，長為三十三公分，寬約二十公分。硯池旁雕有一隻台灣水牛，若躺若臥，意甚悠閒。牛身各部比例勻稱結實，充滿力感，足見刻者對台灣水牛的生理結構相當了解，而最教人嘖嘖稱奇的是，牛毛歷歷可數，甚至連毛旋亦清晰可辨，予人一種綿密的感覺，無怪乎近代文學家朱自清先生在他那篇膾炙人口的散文〈春〉之中，會如此描繪：「雨是最尋常的，一下就是三兩天。可別惱。看，像牛毛，像花針，像細絲，密密地斜織著。」

說這方硯台是「土產」，證據究竟在哪兒？把此硯翻過來，即可發現其底部端端正正的刻有兩行字：

彰化縣二水鄉水尾村十八號

雕刻人：謝陣

藝術家落款，除了名字之外，還提及自己卜居何處的，倒很少見，但從「以廣招徠」的角度而言，當亦無可厚非。民藝品之有別純藝術作品，往往就在於前者之生活化實用取向，而民間藝人之率真純樸，單從這些細微末節處也就可以看出端倪。

這方硯台是一九六〇年代美國駐華大使莊萊德（Everett Francis Drumright, 1906-1993）大使的遺物。何以見得呢？原來它配有一個十分講究的木盒，盒蓋右上刻著「莊萊德大使雅玩」幾個字，中間鐫篆書「金石同心」一語，左下方的落款為「周至柔敬贈，民國五十一年一月十日。」

周至柔將軍為我空軍耆宿，時任台灣省主席，而莊萊德則是美國駐華大使。莊氏是在民國四十七年至五十二年間出使我國，上任不到半載，即經歷震驚全世界的「八二三砲戰」。彼時台海戰雲密布，台灣局勢岌岌可危，我國仰賴美方軍援及協防之殷切，不言而喻。

周至柔何以會想到送莊萊德這方土產硯台作為禮品，我們難以考證，但較合理的猜測則是：投其所好。莊氏與中國結緣甚早，二十五歲進入外交界後，數度被國務院派往中國服務，先後駐節過漢口、北平、上海、重慶及南京等地，故說他是老美中的「中國通」亦不為過。

莊氏和他的夫人蒂絲（Florence Teets）長期跟中國人打交道，耳濡目染，對中華文化之認識漸入堂奧，功力深厚。彼夫婦抵華之後，熱心推動中美文化交流，對台灣本土藝術的發展一直就很關注，經常協助台籍藝術家舉辦展覽，也收藏了不少他們的作品。至於硯盒上「金石同心」四字所傳達的訊息也極為明顯，在那個風雨飄搖、人心動盪的時代，台灣所最需要的正是美國堅定不移的支持及承諾。

一九六三年三月莊萊德大使卸任離華，定居於加州聖地牙哥，這方硯台自然也隨著他飄洋過海來到太平洋的彼岸，成為莊氏在外交戰場上馳騁一生的證物。據說，莊氏一九九三年四月謝世後，莊夫人因年事已高，而被安排住入養老院。其收藏品乃告星散，何物究竟流入何人手中，已無從查訪。這件周至柔送莊氏的紀念品，則輾轉流入舊金山一個古董商手中，而被我發現購藏。

那位古董商年紀很輕，談吐不俗，穿著得很雅痞，店裡所展售者以老美的東西為主，他自承對中國文物所知有限，但對這方硯台的來歷及莊萊德大使的生平卻能如數家珍般的娓娓道來，想必是經過一番「高人」指點。他開價合理，我也就如數照付，他見我出手爽快，特別強調，很高興看到來自台灣的東西終於又回到中國人手中。

就在我雙手緊緊捧著已打包好沉甸甸的硯台，才走出店鋪幾步，古董商又從店裡追出來，把我喊住。他說，還有一件莊萊德大使的東西也應該讓我瞧瞧。

我滿腹狐疑的回到店裡，不知還能發現什麼寶貝。店主示意稍待，不一會兒，他小心翼翼的從屋後端出一只高約四十公分的中式花瓶，瓶上畫滿各式各樣的「洋鼓」，底部落有「龍門」二字款。印象中「龍門」好像是那個時代台灣非常有名的陶瓷廠。

我對現代陶瓷一竅不通，也看不出這個敞口、長頸花瓶何以見得就是莊萊德的遺物。店主見我沉吟不語，頓時提高了嗓門，指著花瓶上的紋飾說：「你見過一只花瓶上畫有這麼多面鼓嗎？你一看到它，就該猜到它屬於誰了！再說，這花瓶可是跟硯台一塊兒買到的。」

這纔猛然醒悟，莊萊德的英文名字Drumright，中文不就是「製鼓者」之意？店主所說這個花瓶是跟硯台一起收進來的故事，自屬信而可徵，應不是一般古董商故弄玄虛的「生意經」了。直覺上，我猜想，這花瓶也是政府為莊萊德特殊訂購的，其以「鼓」為主題的特殊紋飾，不僅顯示贈者設想之周到、用心之良苦，亦正可反映出當時台灣外交處境之艱辛。

年前，我的工作又轉回到台北，這兩件原屬於莊萊德大使的收藏，也跟著我回到它們的「出生地」。硯台進了我的書房，花瓶則長駐客廳，朋友戲稱，這是「舊時王謝堂前燕，飛入尋常百姓家」，而我卻為自己能與它們結緣，深自慶幸不已。

猶記大學聯招放榜那天，我收到的第一份賀禮，
是來自一位相熟的舊書店老闆——
他十分慷慨的送給我一件溥心畬所寫的
「梅花年後多」行書小品。
這件已裝框的溥儒墨寶掛在店裡已數月，問津者雖眾，
但都嫌貴，老闆見我喜歡它而不問價，
自然是買不起，就找機會送給我，
這份厚愛與鼓勵至今仍讓我感念在心。

書緣記趣

讀高中時，家住牯嶺街底，學校位在牯嶺街頭的南海路上，於是，幾百家舊書攤成為每天徒步上下學時必須「巡禮」的對象。在那一千多個書攤夾道、書香撲面的日子裡，我大部分的零用錢都在「討價還價」聲中變成一本本魯迅、茅盾、老舍、巴金、沈從文等三十年代作家的「大陸版」書籍。記得，一本巴金翻譯、文化生活出版社發行的王爾德《快樂王子集》，花了我台幣二百元，彼時的二百元大約可在師大附近的麵館吃五十碗小碗牛肉麵，對一個窮學生來說，可真不是一筆小數目。

猶記大學聯招放榜那天，我收到的第一份賀禮，是來自一位相熟的舊書店老闆——他十分慷慨的送給我一件溥心畬所寫的「梅花年後多」行書小品。這件已裝框的溥儒墨寶掛在店裡已數月，問津者雖眾，但都嫌貴，老闆見我喜歡它而不問價，自然是買不起，就找機會送給我，這份厚愛與鼓勵至今仍讓我感念在心。

我與舊書攤結緣於青澀的少年時期，歲月容易，一晃自己已步入哀樂中年，但對舊書的一往情深卻仍有「書海漂一世，既溺不能止」之勢。多年來因工作的關係，常得出國旅行，若是途經倫敦、紐約、華府、波士頓、舊金山或其他人文薈萃的城市，無論如何我都會抽空去逛逛舊書店，也許是天道酬勤吧，每每都會有意想不到的收穫，為原本寂寞、孤獨的旅程增添許多樂趣。

就拿年前出差去了一趟波特蘭（美國奧勒岡州的首府）來說，下機的當晚，我以旅途勞頓為由婉謝了朋友的邀宴，卻從旅館偷溜出來直撲朝思暮想的「鮑爾書店」（Powell's Books）。

你或許想不到，這家聽起來有點陌生的什麼「鮑爾書店」，竟是全美國——也可能是全世界——最大的書店。其現場上架及上檯的書籍達一百萬冊，另有庫藏書五十萬冊。第一次踏入這家書店的人，最好是先向櫃檯拿一份「書店地圖」，以免陷入令人目不暇給的書陣，而暈頭轉向得不知如何下手尋覓。其實，店方早已為客人打算好，各類書皆自成一區，每一「書區」各有其色調，單從牆壁及地上指標的顏色，客人就能辨別自己身處何類書叢。

說起「鮑爾書店」的發跡，可謂相當傳奇，也應證了所謂「參天橡樹源自小小橡實」的西諺。大約是一九七〇年春天，一名剛從芝加哥大學畢業的年輕人邁可．鮑爾，由於一時找不到適當工作，就在芝大校園開了一家舊書店，作為謀生餬口之所，但作夢也沒想到，開張以後生意鼎盛，數月間即賺進不少銀子，夏天一到他竟想出外度假，於是把剛退休的老爹從家鄉波特蘭請過來幫他看店。老鮑爾一個暑假「代工」下來，發現舊書生意如此好做，回到波特蘭後二話不說，也開了一家舊書店。這家書店在過去近三十年間不斷改址、擴充，終於成為今日占地達四萬七千平方英呎、擁有八十幾位員工的超級大書店，無形中已成為波特蘭市民引以為傲的地標。

在經營形態上，「鮑爾書店」也有很大的改變，雖以賣舊書起家，多年前早已兼容並蓄——新書、舊書並列書架。同一本書若新舊都有的話，舊的依書況大概總會便宜個三五成。

「鮑爾書店」最讓我著迷的，是它的貴重書區，蒐藏有數以千計的善本、簽名本、限量版、絕版書等坊間難得一見的書籍。過去我曾在此區購得海明威的《老人與海》第一版第一刷、歐文·史東（Irving Stone, 1903-1989，美國著名傳記小說家）的《達爾文傳》簽名本等。這次不遠千里而來，當然非得到此一部門來「尋寶」一番才甘心。

店員見我徜徉其間，東翻翻西摸摸，一副自得其樂的樣子，也就不上來招呼，而當我意欲離去之際，他踱過來搭訕，說剛收進一本有關建築的中文書要讓我看看。我一聽是講工程的，興趣頓缺，但不忍心拂逆他的好意，抱著但看無妨的心情等他取書。

不一會兒，那位店員笑嘻嘻的捧書而至，接過來拜觀之後，我還是忍不住高價買下。原來，這是一本民國二十三年所出版的《清代營造則例》。作者梁思成，廣東新會人，是梁啟超先生的長子，曾任清華大學建築系主任，以研究中國歷代建築的變遷及理論著稱於世。我對中國古建築一竅不通，但對梁思成並不陌生，因為他的夫人林徽因，一度是徐志摩苦戀的對象，因林父的堅決反對，徐志摩才改追陸小曼，其後林徽因下嫁梁思成，而徐、陸兩人亦克服萬難終成眷屬。

年輕時我曾迷過徐志摩的詩與散文，連帶對林徽因的詩作也有所涉獵，我非常喜歡她那首〈別丟掉〉中的最後幾句：

舊書店老闆所贈溥心畬書法小品「梅花年後多」。

你問黑夜要回
那一句話——
你仍得相信
山谷中留著
有那迴音！

大意是說，當時你說過的那句話，除我之外，還有「黑夜」也曾聽見，你可以向它去要回，可是，即使「黑夜」答應了，你那句話終究是要不回來的，因為山谷中永遠留有那回聲。

這本梁思成的著作如何流落到美國西北的波特蘭，我永遠不可能曉得，但是我知道，如果我不把它買下來，心中一定會有一份無以名之的遺憾，而把它擺在我的書櫃裡，它將像是一根線，把連續劇《人間四月天》中的主角徐志摩、陸小曼和林徽因的種種都串了起來，它也許會是那山谷中的回聲，時時迴盪著我年輕時的吶喊或低吟。

他對氣息奄奄的老父坦言，
自己對文物很感興趣，將來想學做古董生意，
但擔心籌不到什麼創業的本錢，
父親聽後伸出顫抖的手，
拍拍他的臉頰喃喃安慰道：
「你是手足貼地、天公疼惜的憨仔，
本性這麼誠實，這就是做買賣最大的本錢，
為何說自己沒有本錢呢？」

誠實的古董商

九二一世紀末大地震突襲台灣中部，除了造成重大傷亡外，亦使數十萬人在剎那之間屋毀園殘，無家可歸；在台北市區，僅有三棟建築被震垮，其中之一就是位於八德路四段、虎林街口的東星大廈，而我的朋友詹德星先生（老字號古董店「右聖堂」的老闆）偏偏就住在這間大廈的三樓。

那天清早，我衝到辦公室處理緊急狀況，手忙腳亂地應付各方詢問，還為日本搜救隊中請來台救援，一再聯繫「救災中心」，協助安排日隊的入境。約莫十點來鐘，突然接到詹老闆的電話，還不等他開口說什麼，我劈頭就問：「記得你家好像就在八德路三、四段的樣子，距離那間倒塌的東星大廈恐怕很近吧？你有沒有跑過去看一下搶救工作的最新情況？」

「什麼很近！根本就是我家！就是我家啊！」聽他這樣回答，當下嚇得我幾乎從皮椅上滑下來，不過，我還是有點兒不相信，急切地追問：「你老兄一向喜歡開玩笑，該不會是騙我的吧？」詹老闆氣急敗壞地說：「拜託！這種事我怎麼會拿它來開玩笑？我打電話是跟你報個平安，感謝菩薩保佑，我們一家四口總算都保住了命，逃過一劫！」他此話剛說完，線路就斷了。

我想想不對，一通電話掛到東星大廈的管區松山派出所，就問出詹老闆的「下落」。原來他跟小兒子腿部都受了傷，被送往空軍松山醫院住院治療。朋友有難，豈能坐視，我不得不暫時擲下公務，急急駕車前往醫院一探究竟。

詹老闆見我現身於病房，感動得立時兩眼微紅，娓娓道出他驚心動魄的「逃生記」：

九月二十一日凌晨，他跟太太正熟睡時，被一陣天搖地動的激烈震晃驚醒，迷迷糊糊中，他還不知該如何反應，一聲巨響，屋頂坍塌了下來，他們夫婦頓時身陷瓦礫土石之中。幸好，兩人並未被東西壓到，就在一片漆黑裡魂飛膽破地匍匐摸索，邊叫著十六歲小兒子的名字（大兒子跟女朋友趕午夜場電影，地震來襲時尚未回家）。他們很快就聽到么兒連連喊道：「爸爸、媽媽，我在這裡！我在這裡！」他被樑柱壓住，動彈不得。夫妻倆確定孩子暫時似無大礙，略感心安，眼看一時也無法爬到兒子身邊，就決定趕緊先找出路向外求援。

詹太太的方向感很強，領著先生一下子就爬到陽台鐵窗旁。詹老闆雖覺求生有望，但苦於手無寸鐵，一時無法將鐵窗上已鎖住的小門敲開。兩人想到鑰匙還藏在坍塌的屋內，焦急得像熱鍋上的螞蟻，倒是詹太太還算臨危不亂，憶起先生常用的一個小工具箱好像一直擱在陽台角落，就叫詹老闆朝牆角的瓦石堆中挖挖看，果不出所料，三兩下就挖到了目標。

工具箱中有一把做金工的小鐵鎚，完全無助於事。詹老闆把箱中所有東西全倒出來，翻到一隻無把手的日本製鋼鋸，立刻就用它來試鋸小鐵門上的鎖頭，竟然花不到一分鐘就把鎖頭鋸斷。順利打開鐵門朝下一看，距地還有兩層樓的高度，兩人都不敢往下跳。詹太太急中智生，返身到窗戶邊扯下落地的布窗帘，打了一個拳頭大的繩結，將打結的一頭卡死在鐵窗裡，另一頭沿陽台外牆垂落下去，勉強可達二樓人家的遮雨棚。

詹老闆扯了扯「布繩」，覺得還撐得住，就跟他太太講，他人瘦，比較輕，先跳下去試試看。沒料到二樓的塑膠遮雨棚已因經年累月風吹日曬而告脆化，詹老闆兩腳一落，就將其踩穿一個大洞，身子馬上下墜，好在頭頸及雙手仍卡撐在遮雨棚之上。詹太太見先生險象環生，不管三七二十一，趕緊援繩而下，由於落點甚佳，兩腳正站在遮雨棚的支架位置，所以並未踩破塑膠浪板。她也不知道哪兒來的神力，一手倚撐著牆壁，另一手使足力氣，竟將其先生「像老鷹撲小雞般抓起」（詹老闆的用語）。詹老闆跟我聊到這兒，還半玩笑半認真地說，今後他再也不敢跟太座「一句來，一句去」的頂嘴了，兩人萬一一言不合打起架來，他肯定不是老婆的對手。

詹老闆從危樓中逃出時，身上只穿著一件內褲，赤裸的上身與四肢多處挫傷，血痕斑斑，雙腳都被碎玻璃割破很深的口子，血流不止。現場救災人員見狀，不由分說，立即把他架上救護車，送到忠孝醫院急診室。詹老闆心中惦念著還身陷絕境的小兒子，又怕剛逃出危樓的太太再衝回去救人，說什麼也不肯待在醫院裡，他匆匆接受縫合、包紮後，向醫生借了一條長褲，又開口向醫院裡的一位好心女義工商借幾百元，叫了一輛計程車飛馳趕回八德路災變現場。

此時，崩坍的東星大廈又下陷了許多，情況愈形危急。詹老闆心急如焚，他攔阻、拜託現場遇到的每一位救難人員趕快去救救他的兒子，他聲嘶力竭地苦苦央求，終於感動了一位消防隊長。在詹老闆的指引下，這位隊長率領數名救災人員花了兩個多小時，才把已嚇得面無人色的詹小弟從瓦礫殘柱中拖救出來。詹小弟左腿被壓斷，父子當下一起被送上救護車，一家人從鬼門關邊死裡逃生，相見不禁喜極而泣，恍同隔世。

東星大廈倒塌，未及逃離者多達八、九十人，詹老闆一家都能倖免於難，堪稱不幸中之大幸。我問他道：「你能逢凶化吉，可曾想到，這很可能跟你多年來持之以恆地不斷收進觀音佛像，卻始終不願隨便出售有關？」詹老闆眨眨眼笑說：「房子倒塌下來後，灰土飛揚，黑暗罩頂，萬分驚恐、無助中，突然看見一盞蓮花燈若隱若現地飄浮於不遠處，似乎是菩薩降臨引導我逃生，我跟老婆喜出望外，就緊追著聖燈走，終於脫困。」

詹老闆說得神怪，讓人難以置信。他見我眼神中流露著幾許懷疑，不敢再穿鑿附會地誑我，立時收起了笑容，正色道：「這種故事一定騙不了你！其實啊，我還真想過這個問題。我覺得，這一回我之所以能大難不死，恐怕是菩薩可憐我的老母親還健在，我在塵世間的責任未了，祂要留我下來繼續照顧風燭殘年的老人家！」我一向清楚詹先生事母至孝，如今聽他如此解釋自己脫險的緣由，內心大受感動。

認識詹老闆，算來已近二十年，其間也陸陸續續向他買過一些書畫、玉器及雜項，而每次向他「進貨」，都給我帶來一份「與物結緣」的歡喜。詹老闆做生意的原則是，不對的東西（即贗品），除非言明在先，否則絕不賣給客人。他說，做生意講究的是久久長長，而騙人一次，終身信譽掃地，太划不來了！

我還記得，多年前有一次詹老闆跟我喝茶擺龍門陣，談起當初踏入這一行的坎坷歷程，特別提到他跟父親臨終時的一段對話。他說，他對氣息奄奄的老父坦言，自己對文物很感興趣，將來想學做古董生意，但擔心籌不到什麼創業的本錢，父親聽後伸出顫抖的手，拍拍他的臉頰喃喃安慰道：「你是手足貼地、天公疼惜的憨仔，本性這麼誠實，這就是做買賣最大的本錢，為何說自己沒有本錢呢？」

原來，誠實就是做生意最大的本錢！這句既平淡又平凡的話，讓做古董的詹先生受用一輩子，也讓我一直感動到今天。

誠實就是做生意最大的本錢！這句既平淡又平凡的話，足以讓人受用一輩子。

蔣百里、潘達微等，無不是落拓奇才，
慷慨悲歌之士，如今皆成人間飄零過客，
而梁任公贈徐志摩的對聯：
「臨流可奈清癯，第四橋邊，呼棹過環碧。
此意平生飛動，海棠影下，吹笛到天明。」
所形容的風流人物，
也早已「天荒地老獨飛還」。

碧血黃花一世情

看完史蒂芬史匹柏導演的二次世界大戰影片《搶救雷恩大兵》（*Saving Private Ryan*），一連數晚，難以安枕，腦海中時時交互浮現美軍在槍林彈雨中搶攻「奧瑪哈灘頭」血肉橫飛的殘忍、壯烈鏡頭，以及一排排整齊、聖潔的十字型墓碑，而這些墓碑，更造成我腦細胞的連鎖反應，引領我進入「時光隧道」，重溫十多年前一次特殊經驗。

那年，我還年輕，孤獨一人在美國華府為學位苦拚。有一天大雪初霽，搭「地鐵」回家，因打瞌睡而錯過一站，將錯就錯，在「阿靈頓」（Arlington）下了車，走出車站後，四下張望一下方位，才發現自己必須穿越一望無際的墓地區方能回到家。儘管心中有點發毛，也祇好硬著頭皮鼓勇前進。

行行復行行，我彳亍於積雪盈尺的一片銀色世界，不知踽踽跋涉了多久，驀然驚覺自己似已陷入「五行陣」中——放眼過去，四面八方、前後左右全都是十字型墓碑。彼時天已向晚，彤雲密布，朔風野大，整個「阿靈頓國家公墓」闃然無聲，不見半個人影，祇有我這個「老中」獨自前來向安息在這兒的萬千美軍英靈「致敬」。這樣的奇怪鏡頭，說來也許很令人啼笑皆非，而當時我心中卻激盪著「人生似幻化，終當歸空無」、「夕陽西下，斷腸人在天涯」般的感慨，以及對孤獨人生的無限悲涼。

先父亦為軍人，對日抗戰期間擔任集團軍總司令，幾度與日軍對決，名震中外，大陸撤退時不幸兵敗遇害。或許是這樣的家世，使我對軍旅生涯極為嚮往，讀大學時一度欲效法東漢班超投筆從戎，在母親死勸活勸攔阻下，才打消此念，然而身體中流著軍人子弟的熱血以及自幼對父親的孺慕之心，不僅深深影響著我一生的為人行事，甚至還間接影響到我收藏字畫文物的範圍與方向。

舉例來說，清代字畫中，最早納入我珍藏的，是曾文正公九弟曾國荃的一副對聯。曾氏在太平天國軍隊攻打江西時，臨危受命從湖南徵募家鄉子弟三千增援，屬湘軍嫡系部隊。他足智多謀，屢建奇功，一八六四年七月率軍奮戰攻陷「天京」，徹底擊垮洪秀全，保住了大清江山，後出任兩廣、兩江總督，為清代允文允武的名將。

再如所收藏之海軍耆宿薩鎮冰的楷書，厚重樸實，勁道內涵，意趣之濃深，很有獨到之處。薩氏為福建閩侯人，是中國最早的公費留學生之一，光緒初年於福建船政學堂畢業後，即被清廷派赴英國皇家海軍學院深造。他歷任廣東水師提督、北洋海軍總長、代理國務總理、福建省長等要職，位高權重，卻毫無官架。清末一度因同情「革命黨」而辭卸軍職，識見之宏遠，令人由衷敬重。

這些「武將」的墨寶之外，中國近代第一位軍事學家蔣百里先生的書法，亦是我的珍藏。我讀大學時，就對蔣氏有一點認識。記得，最初我讀到毛子水先生在民國二十年十二月所寫的〈北大求學時代的志摩〉一文，知道徐志摩中學畢業後考入北京大學預科的第一年，曾借住在「錫拉胡同他的親戚蔣君家中」，很感納悶，不知文中的「蔣君」究為何許人也。後來有機會接觸陳從周在民國三十八年間編寫的「徐志摩年譜」，這纔明白所謂「蔣君」，即蔣百里先生。蔣氏名方震，字百里，是徐志摩姑丈蔣謹旃的族弟，蔣、徐二人祇能算是遠親，但兩人皆師事梁啟超，關係相當密切。徐志摩很敬重這位曾擔任保定軍校校長的父執，稱其為「百里叔」，親如一家。

尤值得一提的是，根據曹聚仁的《蔣百里評傳》，徐志摩是由於蔣百里的關係，才認識了陸小曼，因此徐、陸兩人能緣訂三生，蔣百里實居要角。徐志摩於民國二十年十一月十九日搭「濟南號」郵政班機在山東泰山遇難的前一天下午，曾往訪時被幽禁於南京三元巷的蔣百里，由此可見兩人交情深厚。蔣氏輓徐志摩詩跋中有這樣一句話：「他（指徐）的詩是不自欺的生命換來的」，一語中的，亦足顯示彼二人相知甚深。

蔣百里畢業於日本士官學校第三期（與蔡松坡同學），以步兵科第一名榮獲天皇賜刀褒獎，後在德國實習時，並蒙名將興登堡將軍召見嘉勉，回國後以二十九歲之年被袁世凱任命為軍校校長，也先後做過吳佩孚、孫傳芳的參謀長，晚年受知於蔣公，坐上陸軍大學校長的位子，曹聚仁乃將此事形容為蔣公一生中少有的「讓賢」之舉。

雖是一名熠熠「將星」，蔣百里的文學造詣也很深厚。他酷愛莎士比亞劇本，對中國的書法也浸淫很深，行筆靈活委婉，頗有蘊藉之趣。手邊這幅蔣氏墨寶，最得我青睞的是開頭幾句：「謝公含雅量，世運屬艱難，況復情所鍾，感慨萃中年」，讀來雋永深刻，令人回味再三。

在同類藏品中，「同盟會」會員潘達微的一張花卉軸，也是我的「最愛」。潘氏為廣東番禺（廣州市東南）人，字鐵蒼，號景吾，晚號冷殘。他的一生非常傳奇，最膾炙人口的，可能是他在革命黨黃花崗之役失敗後，眼見七十二烈士遺骸棄置道旁，廣州民眾不敢出面收殮，乃冒險以「廣善堂」創辦人名義，暗暗收集，義葬於廣州東郊的「紅花崗」（後改名為「黃花崗」）。潘達微中年一度隱姓埋名，充當富家園丁，以避迫害。晚年潛心佛法，不問世事，民國十七年病死後，附葬於黃花崗，成為墓園中唯一不屬烈士的「忠魂」。

當年我購買這幅畫作時，很費了一點唇舌。畫商一再強調此畫雖非「熱門貨」，但作者與黃花崗烈士並垂不朽，有重要文獻價值，且來價甚高，若不能將本求利，寧願束之高閣，以待有緣。我對潘氏甘冒遭受殺身之禍，毅然為七十二烈士料理後事的義舉，極為景仰，見其遺繪，有如獲至寶之感，豈容它繼續流落於肆，祇好乖乖奉上銀子。

蔣百里、潘達微等，無不是落拓奇才，慷慨悲歌之士，如今皆成人間飄零過客，而梁任公贈徐志摩的對聯：「臨流可奈清癯，第四橋邊，呼棹過環碧。此意平生飛動，海棠影下，吹笛到天明」，所形容的風流人物，也早已「天荒地老獨飛還」（楊杏佛輓徐志摩聯語），所幸他們尚遺留下不少墨寶，不斷在人世間流轉，供有心人重溯中國文化、歷史的長河而永世珍藏。

國家圖書館出版品預行編目（CIP）資料

智慧的回聲/王壽來著. -- 初版. -- 臺北市 : 財團法人寄暢園文化藝術基金會, 2020.12
面； 公分

ISBN 978-986-99771-0-4(平裝)

863.55 109018316

智慧的回聲

作　　者／ 王壽來
主　　編／ 封德屏
責任編輯／ 杜秀卿
封面設計／ 翁　翁
內頁設計／ 不倒翁視覺創意

出　　版／ 財團法人寄暢園文化藝術基金會
地址：台北市大安區東豐街16號B1樓
電話：02-27551336　　傳真：02-27059985
Email：service@ccy-art.com
發　　行／ 文訊雜誌社
地址：台北市中正區中山南路11號B2樓
電話：02-23433142　　傳真：02-23946103
Email：wenhsun7@ms19.hinet.net
郵撥：12106756文訊雜誌社
經　　銷／ 聯合發行股份有限公司

初版一刷／ 2020年12月
定　　價／ 新台幣320元
I S B N／ 978-986-99771-0-4

版權所有・翻印必究 Printed in Taiwan
本書如有缺頁、破損或裝訂錯誤，請寄回更換